この写真の母の笑顔が大好きです。とても元気で一番充実していたころのようです（2007年4月10日）

1992年、柳川に戻ってきたころ

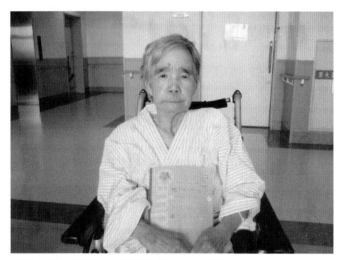

病院の方が撮ってくださった母の写真（2020年11月16日）

小雨のあとの、きれいなダブル虹（2021年3月7日）

20年くらい前。母と日帰りバスツアーに出かけたとき

父の三回忌法要にて（2020年3月29日）

おじぞうさんの絵を教えてくださる平田先生と（2021年11月28日）

玄関の龍神様コーナー。上の花の刺繡は母が作ったもの（2021年12月26日）

風になった母への贈りもの

コロナと母娘の交換日記

RYU Kumpu

龍 薫風

文芸社

はじめに

　本書は、私と母との記憶をつづったものです。老人福祉施設に入居していた母の晩年は、新型コロナウイルス感染症が大きな影を落とし、面会を制限され、会えない日々が続きました。そんな状況の中で始まったのが本書の交換日記です。母娘が最後に気持ちを素直に伝えあった記録でもあります。

　３年あまりのコロナ禍で、命や仕事など、さまざまなものを失い、ワクチンの副反応で生活に支障をきたした方も数多くいらっしゃいました。コロナ禍で家族と会えずに、認知症の症状が進んでしまった介護施設入居者や独居のお年寄りもたくさんいたでしょう。すべての人にとって、この３年あまりは、本当につらい経験となりました。今現在もその影響は残っているかもしれません。

　ただ、コロナ禍であったからこそ、私と母との交換日記が、そして本書が生まれたことは間違いありません。コロナ禍でも、母が他界するまで交換日記を続けたことは、天国の母にとっても、私たち家族にとってもかけがえのない宝物となっています。私と母の関係は本編にある通り、仲良し母娘といったものでは決してありませんでした。それでも母との最期のお別れの前に、互いのわだかまりのようなものがスーッと昇華したような、そん

3

な心持ちになることができたのです。

　令和になり、日本国内のみならず、世界中が激動の時代を迎えています。いろんな意味で大変な世の中を生きる私たちではありますが"自分の意識をどこに向けるかによって、日常も輝き、自分らしく生きていくことができる——"。これは私が、母との交換日記を通じて気づき、学んだことでもあります。

　母は幸いなことに素晴らしい施設に入居でき、介護士さん、看護師さん、お医者さんにも恵まれました。しかし、今、現在進行中の介護で、想像を絶するつらい思いをされている方もいらっしゃるでしょう。また、これから家族の介護がやってくると不安に苛まれている方もいるかもしれません。

　私は本書が介護問題の解決につながるなんて大それたことは思っていません。それでも介護をする際の一つのヒントとして、少しでも何かのお役に立つことができれば幸せに思います。そして、本書を手に取り、読んでいただいた方が一人でも、一瞬でもほっこり、何か幸せな気持ちになっていただければ、こんなに嬉しいことはありません。

2024年2月吉日

　　　　　　　　　　　　　　　　　　　龍　薫風

目　次

第 1 章

母との記憶

幼少期の暗い記憶

　私と母は、もともと仲良し母娘だったのではありません。私が幼少期の記憶として思い出すのは残念ながら〝暗い家庭〟です。その元凶は父にあったのですが、子どもだった私にとっては、母の影響が大きかったと思います。

　私たち家族は、父の潔、母のトシミ、私、君代と３歳違いの弟である良人の４人で福岡の大牟田市で暮らしていました。

　父は三井三池炭鉱で働き、母はミシンなどで内職をしながら家計を支えていました。炭鉱の社宅では、私が小学校４年生ぐらいまで過ごしています。

　父はとても優しい性格でしたが、すぐに人に騙されるようなお人好しなところがありました。そのうえ、よく言えば自由人、悪く言えばいい加減なところもあり、パチンコ、麻雀、仕事を休んで野球を見に行くなどしていたようです。そのため、やはり収入の面で夫婦仲が悪くなり、ケンカも絶えませんでした。九州男児の父が家事や子育てなど手伝うはずもなく、私や弟が遊んでもらった記憶もありません。何しろ平日はもちろん、休日も含めて父が家にいないことが日常で、母子家庭のような状態だったのです。

当然のことながら、その皺寄せは母にいきます。私が覚えているのは、鬼のような形相で急にヒステリックに怒り出す母の姿です。この姿は、父へ向けられるだけでなく、父への鬱憤を晴らすかのように、いわば八つ当たりのように私と弟にも向けられました。

　父との諍いでヒステリックになると、お酒も強かった母から「燗をつけんか！」とよく言いつけられたのを覚えています。小学校低学年だった私がどこでお燗のつけかたを覚えたのかは忘れてしまいましたが、怯えながら燗をつけて母に出していたのです。父はお酒が飲めなかったのですが、そのことは幸いだったと今でも思います。

　大人になって冷静に考えれば、精神的にも肉体的にも母はギリギリの状態だったのでしょう。母の苦労も理解はできます。ただ、幼い私には、母が突然怒り出すという怖い記憶の刷り込みができてしまったのです。何をするにも母の機嫌を損なわないようにと、子どもながらに常に気を遣い、家の中で心が安らぐことはありませんでした。

母と父

　母は昭和12（1937）年12月26日、西頭家の4人姉妹の次女として生まれました。

　料理やミシンなどの洋裁、そして家事いっさいを上手

にこなす母でした。またいわゆる手が利く人で、何でも器用に上手にできる女性でもありました。

　詳しい事情はわかりませんが、母は中学を卒業後、裕福なお宅で家事手伝いとして働くことになったと聞いています。ミシンは洋裁学校で習ったようなのですが、料理などの家事はそのお宅で身につけることができたようです。

　その後、母の姉にあたる長女が嫁いだため、次女だった母が西頭家を継ぎ、父が入婿として結婚することにな

母が20歳のころ、父と結婚。

ります。見合い結婚でした。

　結婚後は大牟田の三池炭鉱の社宅で暮らし、私と弟が
生まれました。

母と赤ちゃんのころの私

私7歳、弟5歳

　社宅での生活は、先にも記したように母にとっても、
私たち姉弟にとっても大変な時期でした。

　ただ一人、父だけは、好き勝手に外面よく生活してい
たということでしょう。

　とはいえ、大きな借金を背負ったり、外に女性を作る
などという大それたことはなかったので、本当は気の小
さい人間だったのだと思います。

私が小3のころ。母と

私が小3のころの運動会。立っているのが私。その前にいるのが母。日傘を差すのが
祖母、一番前にいるのが幼稚園のころの弟

福岡から大阪へ

　昭和38（1963）年に、父が働いていた三井三池炭鉱で
炭塵爆発事故が起こりました。この事故がきっかけとな
り、相談のうえ、私たち家族は大牟田を離れ、父は大阪
で新たな職を探すことになりました。私が小学校４年生、
弟が小学校１年生ぐらいのころでした。

大阪に引っ越す前。私小４、弟小１

　最初は兵庫県の姫路市に半年ほど、その後、大阪に移
り、父は三井系のパーライトという建材を製造する会社
に就職することができました。そして定年まで勤めあげ
てくれたのですが、やはり会社は休みがちでした。

ですから母は大阪に移り住んでからも、ミシンや洋裁関連のパートに出て家計を支えてくれました。

　そんな大阪での生活がその後も続いていきました。

　今でも思い出すのが私の成人式の当日に準備のために訪れた美容室でのことです。

　当時は着物一式を持参して、美容室で着付けをしてもらうのが一般的でした。私も近所の美容室に着付けの予約を入れてお願いしたのですが、このとき、帯を家に置き忘れてしまったことに気がつきました。すぐに家に電話を入れて、母に帯を持ってきてもらうようお願いしました。少しして美容室にやって来た母は、美容室の方に「お世話になります」などと挨拶の言葉も一切なく、いわゆる鬼の形相で私が忘れた帯をバーンと叩きつけ、そのまま帰っていったのです。驚きのあまり私は声も出ませんでした。

　母は普段は優しいときももちろんあるのですが、何かスイッチが入ってしまうとカッとなり怒りを抑えられず、ヒステリックになってしまうのです。家の中ではなく、美容室での出来事ということもあり、私にとっては非常にショッキングな記憶として残ってしまいました。

　母の激しい気性は、私の性格にも影響しました。今の私の性格を知る人からは想像がつかないと言われますが、私はとても大人しい、いるかいないかわからないような存在感のない人間へと成長してしまったのです。何か言

葉を発すると怒られる、という思いが常にあり、特に大人に対し人間関係を築くのが下手でした。柳川へ家族で帰省したときには親戚の方から「君代ちゃんは、もう少ししゃべったほうがよかよ」と窘められることもあったほどでした。

┃ 1冊の本との出会い　母の変化

　そんな気性の激しい母が変わったのは1冊の本のおかげです。私が20代前半のことだったと思いますので、母が40代前半のころです。

　母がイライラしたり、頻繁に夫婦ゲンカをしていることを知っている母のパート先の友人が「これでも読んでみたら」と1冊の本をすすめてくれたといいます。すすめられるままに本を読んだ母ですが、それからです。母が変わっていったのは。母にとっては、「今まで考えたこともなかったけれど、こういう世界もあるんだ……」と目の前が開けたのだと思います。

　その後はもう、母はまさにむさぼるようにさまざまな本を読みはじめました。すると、あれだけ激しかった性格が少しずつ安定しはじめ、にこやかになっていったのです。母がにこやかに過ごしてくれることで、家の中もおのずと明るくなっていきました。

　後年になり母がよく口にしたのは、「もっと勉強をし

たかった」という言葉でした。父と結婚するまでの母のことは詳しくはわかりませんが、母の心の中で燻っていた想いだったのでしょう。

ですから40代の母は本を読み続け、子育ても一段落したころからは、当時のNHKの教育テレビで放映している中学生や高校生のための「数学」「理科」といった教育番組を、ノートもしっかり取りながら、食い入るように勉強していました。

実は母が変わるきっかけとなったのは宗教関係の本でした。内容に感銘を受けたことは間違いありませんが、だからといって宗教に傾倒することはありませんでした。母いわく、「一つの宗教に入信すると、入信したからこその苦悩がはじまる。人間は一人ひとり違うのだから、本は読むけれど、入信の必要はない」と――。

母は人体にとても興味を示し、自分の意志とは関係なく細胞一つひとつが常に働いてくれていることに感銘を受けていたようです。人体から宇宙などにも思考を広げ、そういうことを考えていると、自分が不安や悩みのようなものを抱えていたとしても、「ああ、大丈夫だ」と思えるようになる、といったこともよく話してくれました。

大阪から柳川へ

母が大きく変わったころ、私も弟も大阪で就職しまし

16

た。弟は父と同じ会社で働きました。

　平穏な日々が続くと思っていたのですが、その後、私に思いもよらないさまざまなことが起こります。私に起きた出来事は母との関係性に直接つながるものではありませんので割愛しますが、精神的なダメージが強く、気持ちもかなり落ち込んでいきました。

　ちょうど同じころ、父が定年を迎えることになりました。私の様子を見ていた両親は「もう年金暮らしになるのだから、一緒に柳川に帰ろう」と誘ってくれました。

　柳川は父が生まれ育った場所でもありました。大阪に母の両親を呼び寄せていましたが、祖父は84歳で他界しており、弟は仕事があるので大阪に残ることになったので、私と両親、祖母の４人で柳川に戻ることを決意しました。私が33歳、母が53歳のころでした。

柳川での忙しくも穏やかな日々

　柳川に戻った私たち家族は平穏な日々を送ることになります。

　そして、柳川で私は伴侶となる龍 栄治さんに出会うことができたのです。偶然にも、主人は私と同様に大阪で働き、柳川に戻ってきたという経緯があり、共通の話題があったのもお付き合いのよいきっかけとなりました。

　私はその後、今も暮らしている龍家に嫁ぎます。幸い

両親と暮らした柳川の家から車で10分程度の場所です。遙香と明日香という２人の娘にも恵まれました。

　主人の父は海苔漁師さんが乗る木造船の製造をしていました。柳川は最高級とされる有明産海苔が有名です。有明産海苔は海苔の種を付けた海苔網を浅い海に支柱を立てて網を張る「支柱養殖」で作られています。

　有明海は潮の干満の差が大きいため、海苔は満潮時には海中の養分で育ち、干潮時には空中に出て乾くのですが、それが高級な海苔と称される理由のひとつとされています。

　現在は主人と私の２人で、海苔漁業に使用するさまざまな製品の製造をしています。義父と義母、主人とともに私も経理などの事務仕事ではなく、現場の物作りの作業に携わってきました。家族経営での自営業で、おかげさまでとても忙しくさせてもらいました。

　柳川に帰ってからの生活は、忙しいながらも穏やかで幸せな日々でもあったのです。

▌父の変貌、両親への感謝

　自営業ですから、仕事があれば日曜日でも働くことになりますし、納期が近づけば朝から夜まで仕事が続くこともあります。

　そんななかでの娘２人の子育ては、大変なものでした。

ここで本当に助けてくれたのが、父と母でした。

　娘たちの小学校までは家から徒歩で40分ほどかかります。家と小学校の間に両親宅があったため、娘たちは下校の途中で両親の家に立ち寄り、私が迎えに行くまで過ごすのが日課となっていました。日曜日に仕事が入ったときにも預かってもらいました。長女と次女とは5歳離れていましたので、次女が小学校を卒業するまでの足掛け11年ほどはそのような生活が続いたと思います。

　両親は孫を本当に可愛がってくれたのですが、そんな様子を大阪から帰省した弟が目の当たりにしたときには、驚いていました。特に父とは幼いころに遊んだ記憶もなかったため、父の子煩悩で優しい一面を見た弟が「こんな姿見たことない」「羨ましい」とボソリと口にしたことさえありました。お人好しで、仕事熱心ではなかった父ですが、本質的には優しい人だったということを、再発見したような気分でした。

　このころの母はというと、孫の面倒を見ながらも相変わらず読書などを続けていました。読んだ本のなかで、心に残る文章があれば、ペンを持ち、チラシの裏に書き残していました。それも何枚も、何枚も、読んでは書き、読んでは書きの繰り返しだったようです。早くに仕事に就いた母は、字を書く機会がほかの人よりも少なかったこともあり、"キレイな字"を書きたいという思いが強くあったようです。母の心に残った文章や言葉を抜き出

し書き記すことは、字の練習という意味合いもあったのでしょう。

　時には仕事に子育てにいっぱいいっぱいだった私の背中を押したり、心を穏やかにしたり、あるいは元気にしてくれるような言葉や文章を選び、抜き出して、私に渡してくれることもありました。本１冊をすすめられても、当時の私には、読書をする物理的時間も心の余裕もありませんでしたが、チラシ１枚分の言葉の数々はさっと目を通せるものだったのです。それらの言葉で私がどれだけ励まされたかわかりません。本当にありがたい言葉たちでしたし、母のそんな気遣いを嬉しく思いました。

　人の前に出ることが好きだった母は、よく近所の歌の会にも参加していました。このころの生活は母にとっても充実したものだったと思います。

母が書いていたメモ

よく近所の舞台で歌った母

母の異変

　順調に時は過ぎ、父と母は高齢になっていきました。晩年、肺の病気を患った父は入退院を繰り返したあとに、住居型の施設に入所していました。母はしばらくの間、一人で暮らすことになりました。しかし、母も腸に持病があり、加齢とともに状態が悪化したため、父と同じように入退院を繰り返すことになってしまいました。

　母の何度目かの入院中のある日、大阪から母の姉妹、おばちゃんたちがお見舞いに来てくれたことがありました。叔母はそのとき、「いや、君ちゃん、お母さんがこんなこと言ってたんだけど、びっくりして……」と言い、ある話をはじめました。

　叔母の話によると、母は私が母の年金を勝手に自由に使っている、年金ドロボーをしていると叔母に訴えているというのです。もちろん私はそんなことはしていませんので、いわゆる「せん妄」でしょう。

　よくよく考えると「何かおかしいな」と思うようなことはあったのですが、それほど気に留めてはいませんでした。母はそれまでの入退院で私が付き添う際には必ず、「いつも迷惑かけてごめんね」と労い、感謝の言葉をかけてくれていましたから。

　当時は父の入退院、母の入退院と両親の介護が重なっ

た時期でもあり、時間的にも精神的にも、私は介護疲れの状態でした。とにかくやらなくてはならないことが山積みで、作業をこなすことに必死になっていました。

ですから、叔母からのその話に、私は大きなショックを受けてしまいました。叔母からは「これはもう認知症のはじまりやけん、だれだってなることよ」などと、私を落ち着かせるようにいろいろと声かけをしてくれたのですが、私は、母の言葉をそのままに受け取ってしまったのです。

叔母の話を聞いてからというもの、私は母と話をすることはもちろんですが、声を聞くことさえ我慢できなくなりました。体の具合も悪くなってしまい、母の入院先への足もしばらく遠のくことになっていきました。

そのころの母はいつも「険しい顔つき」になっていました。今だからわかりますが、それはせん妄時の特徴的な表情です。でも、当時その表情は、幼いころ私が恐れていた鬼のような形相をした母と重なり、いわゆる怖い思い出がフラッシュバックしてしまったのです。

長い間、穏やかになった母を見続けていたのにもかかわらず、それでも、私の奥底にはまだ幼少期のトラウマのようなものが巣食っていたのだとあらためて感じた出来事でした。

弟から母への手紙

　母の異変にパニック状態に陥ってしまった私が頼ったのが弟でした。私はある日、泣きながら弟に電話をかけていました。すると弟は、「ちょっとだけ、待ってくれんか」と言って、会社を休んで、すぐに大阪から駆けつけてくれたのです。

　私は記憶にないのですが、あとから弟に聞くと、そのとき私は電話口で「もう車にぶつかって死んでやる！」と口走ったのだといいます。弟からすると、緊急事態だと感じたのでしょう。弟は父母の入院、転院、手術の際にはとても大変だったのに、その都度お金を送ってきてくれましたし、私たち夫婦に負担がかかることを心配して、両親の介護が始まる前に両親を自分たちのいる大阪に呼び寄せようとしてくれました。母が大阪に行かなかったのは、弟夫婦が母の意志を尊重したからです。

　弟は大阪から柳川へ向かうフェリーの中で、いろいろと考えて、こんな母宛の手紙を書いてきてくれました。

　今からの、おふくろの老後の進め方を話します。
　すでに、おふくろは、痴呆が始まっています。
　おふくろ自身は、気づいていないと思う。
　最近の、おふくろの発言や行動は、一番大切な子どもた

ちの気持ちを傷つけてしまった。特に、君代に対して、また龍家の方々の信頼を失ってしまった。この先、おふくろの言葉しだいでは信頼の回復はのぞめない。

今、栄治さん、君代は、自分たちの生活を犠牲にしながら、おふくろの介護に一生懸命つくしていただいていますよ。

しかも、おふくろの夫である潔の介護もしていただいていますよ。この事に、おふくろは心の底から感謝してください。

これからは、君代と良人の言う通りにしてもらいます。

1) 龍栄治さんの家庭がおだやかになるため。

2) 潔の老後の暮らしを問題なくすごすため。

3) ホームに入れるなら、潔と同居してもらう。

4) 年金は、君代と良人にすべてまかせる。

5) 年金でまかなえないときは、子どもたちが援助する。

次に、おふくろさんの病気ですが。

慢性的な腸の病。甲状腺のホルモンの異常。それと、痴呆の始まり。今現在、T病院以外、おふくろを治療してくれる病院はありません。この先、T先生の紹介で精神的な検査や治療が始まることとなりますよ。

このことは、おふくろ自身、心に受けとめてもらいます。

とにかく、おふくろの一番身近な子どもたちが、みずからの生活を犠牲にしながら、潔とトシミの介護はしていく。

おふくろの、勝手やわがままは、受け入れることはしません から。

　この手紙が、君代と良人からの本心の気持ちです。

　おふくろさんの言い分は、じかに会って話を聞かせても らいます　　　　　　　　　　　　良人 より

H28.10.16.

　当時の母に理解できるかどうかはわかりませんでした が、この手紙を持って、弟は母に話をしに行ってくれま した。

　結果的にこの弟と母との話し合いによって、母は父が 入所していた住居型の施設への入居を受け入れ、父と同 じ部屋に入りました。弟の助けがなければ、私はどうな っていただろうとふと考えることもあります。

15年くらい前。弟と大阪で会ったとき

だれにでも起こり得ること

　介護をしている家庭内での殺人事件のニュースを聞く
と、当時のことが蘇ります。そして、これはだれにでも
起こり得ることなのだと思っています。私自身もその一
線をもしかしたら越えてしまったかもしれないと今でも
振り返ることがあります。介護をしている自分が疲労困
憊の状態で、介護している相手も普通の状態ではない。
これは介護を経験した人にしかわからないことでしょう。

　当事者になると介護をうまくできない自分を責めてし
まうものですが、そうではなく、自分が置かれている介
護の環境が悪いだけなのです。あるいは、もう自分でで
きる範囲を超えてしまっている、キャパオーバーだとい
うことなのです。

　もちろん介護を受けている人も同じです。だれも悪く
はありません。私の母の言動も、認知機能が低下してし
まったためのものです。

　介護には、それぞれの家庭ごとにいろいろな環境があ
るでしょう。それでも、苦しくて、苦しくて追い詰めら
れるような状況にあるのであれば、私のようにだれかに
助けを求めてください。一人で抱えてしまったら、不幸
な出来事が引き起こされる、そう思って、助けを求めて
ほしいと心から思います。

私の場合は、幼少期のトラウマもあり、パニック状態になったことで、弟に助けを求め、一時的ではありますが、母と物理的に距離を置くことができました。それが結果的に母も私自身も助けることになりました。夫も助けてくれました。彼らがいなければ、私も一線を越えていたかもしれません。周囲の人たちに心から感謝しています。

▌ 父との別れ

　話は少し前後しますが、父の肺病は若いころの炭鉱での仕事が少なからず影響しているのではないかと思います。

　父は何度か手術も受けました。その後、前述の通り、かかりつけの医師からの助言で、父だけが住居型の施設へ入所することになります。母の入所が決まり、しばらく父母は二人で過ごすことができていました。

　しかし、父の肺の病気がさらに悪化し、大牟田の病院へ転院。その後、父は大牟田市立病院に移り、最期を迎えることになります。

　大牟田市立病院からは隣接する動物園の観覧車が見えました。公園もあり、その公園には野球場もあるのですが、そこはなんと、かつて父が仕事をさぼって草野球を何度も見に行っていた場所でした。

父が最後に見た風景が、昔を懐かしむことのできるものだったことは、不思議でもあり、ありがたいことであったと思います。

　父は感謝の言葉をたくさん残してくれました。通院、入院時に夫と二人で付き添った際には、「ありがとうね」「死んでも忘れんけん」「君代も、栄治さんも、ようしてくれて。俺は、絶対忘れん」と、毎回、毎回言ってくれました。

　父と最後に言葉を交わしたのは、亡くなる1か月ほど前だったと思います。当時は新型コロナウイルスなどもありませんでしたので、病室まで見舞いに行ったときでした。すでに病状は思わしくなく、1日中眠っているという日々が続いていました。見舞いに行っていたある日

コロナ前、住居型施設に二人で入所していたころ

28

突然、父がパッと目を覚まして、「君代」と私の名前を呼びました。そして、「ようしてもろた。幸せやった。ありがとう」と３つの言葉を言って、すぐにまた眠ってしまいました。それが最後でした。それから１か月ぐらいは点滴などで栄養をとっていましたが、ほとんど目を開けることすらなく、自然と旅立ちました。平成30（2018）年４月３日、88歳のことでした。

　かつての父は、私や弟にとっては、いい父親ではなかったかもしれません。それでも、定年まで勤めあげてくれたおかげで、父本人はもちろん母の老後の年金もしっかり受け取ることができました。また、定年後に柳川に戻ってからは、嫌な顔ひとつ見せることなく優しいおじいちゃんとして孫の面倒を見て、私の家族を十二分に支

よくケンカしていたけれど、磨き合って最高のカップルに！

えてくれました。

　私たち夫婦はもちろん、私の娘2人も心から父に感謝しています。そして、父が残してくれた、

「ようしてもろた」「幸せやった」「ありがとう」

　という3つの言葉——。

　これらは、私の心を慰め、幼少期の寂しさを洗い流してくれたのかもしれません。今は、心からの「ありがとう」を父に伝えたいと思います。

母の「勝雄」への入所

　無事に父の通夜、葬儀を済ませることができましたが、住居型施設に入所していた母の病状は芳しくなく、父の葬儀にもしっかり歩くこともできず車椅子で参列しました。このころ母は、一時的にではありますが、ぼーっとすることも多く、表情がないように感じられました。

　母の担当のケアマネジャーさんから「そろそろ介護型の施設の入所を検討したほうがいいのかもしれませんね」といった提案もあり、母が入所できる介護型の施設を探しはじめました。

　平成31（2019）年3月20日にご縁があって入所できたのが介護付き有料老人ホームの「勝雄」さんでした。

　入所した当時は、未知のウイルスが、ここまで私たちの日常生活に影響を与えることになるとは考えてもいま

住居型施設に入所していたころの母。このころはまだ表情が豊かで元気

せんでした。しかし、令和2（2020）年1月30日には、世界保健機関（WHO）が緊急事態を宣言。日本国内でもダイヤモンド・プリンセス号でコロナ感染者のニュースが飛び交いました。その後の3月11日にはWHOはパンデミック（世界的な大流行）と発表します。

　それまでは週に1度は足を運び、母との面会を続けており、時には、コーヒー好きだった母を連れだし、喫茶店でお茶をしながら、おしゃべりをする時間を過ごすこともありました。

　入所後の母は大きな混乱もせずに落ち着きを見せ始め、父の葬儀の際に見せた表情がない様子は影を潜めていました。

　私たち家族もよいところに母が入所できたことを喜び、

私自身も心配は尽きることはありませんが、入所前に比べれば、心穏やかな日々が続いていたのです。

勝雄入所後。日曜日に近くのカフェで

コロナ前。お正月に外泊ができたとき。お仏壇の父に話しかけていたよう

そんな日々は、コロナによって、突然失われてしまったのです。

　日本全国の病院、介護施設などで面会が禁止される事態となりました。「勝雄」さんでも同様に今までどおりの面会はできなくなり、月1回のオンラインでの面会のみが母と私たち家族をつなぐ唯一のものとなってしまったのです。

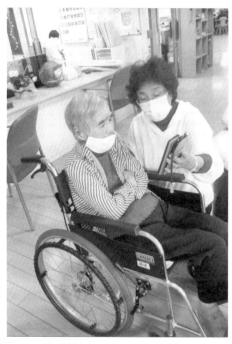

コロナ禍でも、まだ直接会えたころ。オンラインで弟や私の娘たちと話す

交換日記スタート

　コロナが猛威を振るった当初は、面会制限が続いていました。認知症が少しずつ進みつつあった母にとっては、直接会えないことは認知症の進行にもつながります。そして、施設に入所して日も浅い母に寂しい思いをさせているということは、仕方がないこととはいえ、心が痛みました。

　そんなとき、ふと思いついたのが母との交換日記でした。会えないけれども、日記にそのときの気持ちや伝えたいことを書き記し、母は私に、私は母に伝えるのです。

　単なる思いつきではありましたが、会えなくても何かできることはないものかと、考え続けて思いいたったものでもあります。

　まずは母に１冊、私に１冊と２冊のノートを用意しました。何の変哲もないシンプルなA4のものです。それぞれのノートに日記を書き記し、１週間ごとに交換するのです。

　勝雄の方に交換日記をしたいとご相談したところ、快く了承してくださいました。私が書いた日記を母に読み聞かせてくださったり、うまく字が書けなくなってしまった母の意図を汲み取り、手を添えて文字を書く介助もしてくれました。スタッフのみなさんのお力添えがなけ

れば、母と私の交換日記は続けることはできなかったことでしょう。

　また、母の介護に携わってくださっていた勝雄のスタッフのみなさんから、「私たちも、交換日記をお母さんに読ませていただくのを楽しみにしています。写真などはほかの入居者のみなさんにもお見せすると喜んでくださいます」という優しい言葉をかけていただきました。

　母だけでなく、周囲の方の楽しみの一端になっていることを知れたことは、私にとって交換日記を母に届け続けることの励みとなったのは間違いありません。

　母と私の交換日記が続けられたのは、母の周囲のみなさんの温かい手助け、お気持ちがあってこそだったと、感謝しています。

第2章

日記がつなぐ母娘の想い

交換日記1

会えない日々を交換日記で埋める

　交換日記をはじめたころ、母は少しずつ混乱していきました。その様子が文面で読み取れます。コロナの関係で直接会うことができませんでしたから、実際の様子はわかってはいません。

　日記も母に直接渡すことができません。1階にデイサービスなどの受付があり、2階が入所者の部屋と食堂でしたが、受付で日記をスタッフの方に母に届けるようお願いしていました。

　母にとっては、好きなコーヒー、柔らかなあんパンなどが食べられず、家族に会えない、ましてや施設から出ることもできないなど、大きな制限を感じていたことでしょう。そのうえ、母は自分自身のこともわからなくなってきているため、不安が不安を呼んだのだと思います。イライラがあるときはカーッとすることがあったと思いますが、勝雄のスタッフのみなさんがよく対応してくださったのだと思います。「素敵なお母さんだったんでしょうね」とも言ってくださいました。

　私は以前の怖い母に戻らなければいい、と内心少し怖い思いもありました。ですから日記の内容も、母の気持ちをフォローしながら、ネガティブなことは書きたくはありませんでした。母が一番気になる、心配している娘、

孫のことについて、

「大丈夫だからね。安心して」と意識的に繰り返しつづり、少しでも穏やかに暮らせるように祈りました。また、自分が心穏やかでないと母にも伝播するとの思いもあり、書くときは気持ちを整えて、心を穏やかにするよう努めていたと思います。母がこれまでのいろいろなことを忘れないでいてほしいという気持ちもあったと思います。

▌交換日記 （2020年1月30日〜2021年9月12日）

では、私と母の交換日記を少し引用していきます。

母がつづった日記の判読が難しい箇所はある程度読みやすく手を入れましたが、母の状態の変化がわかるように誤字脱字など、そのまま残した箇所もあります。

母はこの交換日記を楽しみにしてくれていたようで、スタッフの方が日記の読み聞かせをすると、喜ぶ反応も示してくれていたと聞いています。

計6冊になった交換日記

- -

■私⇒母　2020年1月30日（木）

お母さんに ^_^

今日、仕事中に、お母さんと交換日記をしたら

どうかなー？　って、ふと、思いついて ^_^

お母さんがこれからも、おだやかに過ごしてもらえるよ

うに、日々のささやかで幸せを感じたことを書いていく

ので、

時々、読んでネ ^_^

今日、東京にいる遥香にお米を送ろうと郵便局に行った

ら、偶然、けい子ちゃんのお母さん（上宮永の家に住ん

でいた時のねこ好きで、遥香と同級生のけい子ちゃんの

お母さん）と会ったよ。

トシミちゃんのことを気にかけてくれたよ。

本当に嬉しいことですね。

トシミちゃんも、何か思いついたらこのノートに書いて

もいいよ。

書くことないなら、読むだけでいいからね。　君代より

■母⇒私　日付なし

なんを書いたら　思いつかない

いつもきてくれてありがとう

いつだって思っています　君代がいてくれて有がとう

これからもよろしくお願いします

いつもくるのが楽しみです

これからもよろしく　くるのを　待っている

これからもよろしくお願いしています

■私⇒母　2020年2月4日（火）

トシミちゃん、おだやかに過ごしてる？

今日、晩ごはんを作っている時に、

ずいぶん前のトシミちゃんとの会話を思い出して ^_^

料理は自分で作るものの、食卓に並ぶまでに、

どれだけの人の手を借りて、

ここまで届けられるのかを考えると、

本当にひとつひとつありがたくいただかないと、

申し訳ないとお話ししていましたネ。

本当にその通りだと思います。

毎回、ありがたく味わって食べようネ。　　　君代より

■母⇒私　日付なし

君代さんも色々と有りますね

縁があって子供として縁をむすびましたね

よかったと思っています

これからもよろしくお願い致します

会うのを楽しみにしています

いつまで続くかわからないが　よろしくお願い致します

会う時に　たのしみにしています。

これからもよろしくお願い致します

■母⇒私　2020年2月6（木）

人にすすめられて　日記を書いています

毎日　大変でしょうが

これから　よろしくお願いたします

君代さんが来てくれてうれしい

又、会う日が楽しみです

これからもよろしくお願いいたします

会う日が来る日が楽しみにしています

あなたが来てくれて　ありがとうご座います

今日は少しあみものをしました

少しはいいが　長い日はどうかなあ。

これからもよろしくお願い致します

あなたがいるのが会う日が楽しみです

これからもどうぞよろしくお願い致します

これからもなかよくしていきましょう

何にもないけれど会うのが楽しみです

毎日が大変でしょうがよろしくお願いいたします

会うのが楽しみにしています

思いついたこと書いて下さいね

■私⇒母　2020年2月12日(水)

トシミちゃん　今日のお天気は雨です。

朝からずーっと、降っています。

トシミちゃんが勝雄に入所してから

もうすぐ1年になりますね。

勝雄の方々が皆様とてもよくしてくれるので、

トシミちゃんも体調もよくなってきてるので、

とてもうれしいです。

今は、車イスの生活なので、大変でしょうが、

看護師さん達の言われる事をよく聞いて無理しないでね。

それと、この間、トシミちゃんが交換日記を書いてくれ

たこと、とてもうれしくて涙がでました。本当に感動し

ました。

これからも、何か思いついたら、なんでも書いてね。^_^

お母さん、いつもすてきな笑顔をありがとう。

お母さんが、あんだものをハート♡の型にしてみました
^_^

あんでくれて　ありがとう ^_^　　君代より♡

■母⇒私　2020年2月12日(水)

もう2月になりました　毎日毎日　同じ日をおくってい
ます　きみよ様と同じ気持になりますね

早くこの生活からぬけだしたいね

毎日たいくつになってしまいます

もう二度とこんな生活はしたくないね

自由をうばっている

たいくつはたいくつです　いつまで続くのか今はわから
ない

早くもとの生活にもどりたいです

最近はいらいらしている

早くもとの生活にもどりたいです

きみよさんがいてくれて　ありがとう

色々とあるけどよろしくおつたえしています

何を書いていいかわからない日があります

早く今の生活からぬけだしたいと思っています

■母⇒私　2020年2月14日(金)

日記を書くことになりました

何を書いていいかわからないが書いてみよう
いつも有難ございます　うれしいです
きみよさんと会っているのが楽しいです
これからもよろしくお願い致します

■母⇒私　2020年2月14日(金)

天気が良くなり 散歩をする
天気も良く気持がいいと思った　やはり天気しだいです
散歩につれていってもらい気持ちが良かった
やはり清水はほんとうに気持がいいと思った
（著者註：清水山に行った気になったのかもしれません。）

■母⇒私　2020年2月18日(火)

もう2月に成りました
おかわりはありませんか　毎日毎日が　はらが立っています
どうしてか自分が何者かがわからないのかもね
どうしようもなく　毎日が　はらが立ってしかたがありません
わがままな自分にあいそがつきます
最近は特にそう思います
自分がいやになっている自分にきづいている

■母⇒私　2020年2月22日（土）

今日は朝から雨です。　天気が悪くなってます

昨日はよくねむりました　よかったと思います

毎日何を書いているか　わからない日があります

毎日がいやになってます

気持がさだまらない日をおくっています

■私⇒母　2020年2月23日（日）

お母さん、具合はいかがですか？

かぜとかはやっているから、看護師さんの言うことを

よくきいて、体を大切にしてネ ^_^

来月は、お父さんの３回忌があるので、

体調がよければ迎えにきて、お参りして、

ご飯もいっしょに食べようネ ^_^

楽しみにしています。

はじめて、おじぞうさんを描いてみました。

線（とくに細い）と絵の具の色を出すのが、
むずかしかったです。
もっと上手になって、又、描いてきます。　　君代より

■私⇒母　2020年2月28日（金）

お母さん、体調はどう？
コロナウイルスに感染しないように。
今、面会出来ないけど、看護師さんの言うことを
よく聞いて、おだやかに過ごしてね。^_^

この間の日記には、自分が何者か、わからなくて、
腹が立って仕方がないって、書いてあったけど、
腹を立てなくても、大丈夫ですよ。
肉体的には、だんだんわからなくなっていくかもしれな
いけど、魂的には、ちゃんと、自分が何者かがわかって
いるはずだから、
あまり、腹を立てずに、おだやかな気持ちでいてね。
大丈夫だからね！！　不安な気持ちになったら、
この日記帳に、なんでも書いていいからね ^_^
無理しないで、コロナが消失したら
又、会えるようになるからね。　　君代より

■私⇒母　2020年3月6日（金）

お母さんへ　昨日、お母さんの夢を見ました。
２人で、ひろ〜い床に何か紙か布を広げて、
たぶん、何か絵を描いていたと思う。
しかも、とても楽しく、私は今の61歳、
お母さんは、50歳前で、若かった。
何か、お話しして、楽しそうに絵を描いていましたよ ^_^
コロナウイルスで、なかなか会えないから
夢に出てきてくれたのかなぁー♡　ありがとう ^_^
又、日記書くから楽しみにしていてネ ^_^
お母さんも、何か書くことあれば、どんどん書いてネ。
書くことなければ、これ読んでくれるだけでも、

いいからね。　　君代より

■私⇒母　2020年3月15日（日）
お母さんに ^_^
お母さん、毎日穏やかに過ごしていますか？
毎日、毎日、テレビではコロナウイルスのニュースばかりで不安になりますね。
コロナウイルスで、どこの施設でも、
面会が出来なくなっています。
私達がコロナウイルスで、いろんな事を
学ばなければならないと、最近思うようになりました。
今までにない最大のピンチだけど
逆に今までにない最大のチャンスだともとれます。
いつの日か、このピンチをチャンスにかえる事が
出来た日に、必ず会える事を私は信じています。
だからおかあさんも、信じて待っていてネ！
必ず会える日が来るからね。　　君代より

又、美味しいコーヒー持っていくからね ^_^

■母⇒私　2020年3月25日（水）
日本語で書こう
長い日、書かなかったら　日本語もわすれた様です
やっと書くことにした　長い事会えなかった　淋しいね

コロナウイルスがはやっているので、会えなかった
まだまだつづきそう　早くナクナッテほしいね
そして会いたいね
しかたがないが　ほんとうに会いたいと語ります

■母⇒私　2020年3月26日（木）

久しぶりですね、コロナが出て会えないが
しかたがないね　早く終わればいいのにね
いつになるか

■私⇒母　2020年4月1日（水）

お母さんに ^_^
お母さん、体調はいかがですか？
コロナの影響で、状況は、
ますます厳しくなっております。
3/29（日）に、お父さんの3回忌の法要には
良人・かおるちゃん・明日香もきてくれて
もちろん、栄治さんも ^_^ いてくれて
無事終わりました。
良人達は、フェリーとかコロナ感染があるので、
大阪から往復車できてくれました。
とても、ありがたいことです。
お母さんと面会が出来ないことを、とても
残念がっていたけど、仕方がないことだと、話してまし

た。
明日香も、コロナが早く終息してくれたら
おばあちゃんと会えるのに、と言ってくれています。
とにかく、みんな、お母さんに会いたがっています。
一日も早いコロナ終息を祈るばかりです。

家族みんなより♡

■母⇒私　2020年4月7日(火)

長い間書いておりません
気になっております　会いたいと思っているが
出来なくてこまります
きっと元気でおられると思います

■母⇒私　2020年4月10日(金)

長い事書いていないのにどうした事か書いて見たくなっ
たね
長い間会えなくて　淋しい気持ちになっている
有難うございます
早く会いたいね　早くコロナが消えるといいのにね
会いたいね　会えるだけでいいのにね
コロナのおかげでたのしみを見る事が出来ないでいる

■私⇒母　2020年4月10日(金)

大好きなお母さんに ^_^

コロナで、ますます厳しくなっているけど、

お母さん、おだやかに暮らせている？

私達も、不要の外出は、ひかえています。

とにかく、大変だけど、自分の体を維持するために、

よく食べ、よく寝て、おだやかな気持ちでいてね。

この間は、お母さんが日記を書いてくれたのが

とてもうれしかったです。

勝雄の職員の皆様に心より感謝申し上げます。

皆様もお体を、ご自愛ください。

私も、栄治さんも良人も、かおるちゃんも、遥香も、

明日香もみんな、会えるの楽しみにしてるからね。

今を生きようね ^_^

希望を持って、自分の機嫌をよくして、

とにかく今を生きのびてください。そしたら、

家族みんなと会える日が、絶対に来るからね。君代より

郵 便 は が き

160-8791

141

東京都新宿区新宿1－10－1

(株)文芸社

愛読者カード係 行

|||||||||||||||||||||||||||||||||||||||||||||||||||||||

ふりがな お名前		明治　大正 昭和　平成	年生　歳
ふりがな ご住所	□□□-□□□□	性別	男・女
お電話 番　号	（書籍ご注文の際に必要です）	ご職業	
E-mail			
ご購読雑誌（複数可）		ご購読新聞	新聞

最近読んでおもしろかった本や今後、とりあげてほしいテーマをお教えください。

ご自分の研究成果や経験、お考え等を出版してみたいというお気持ちはありますか。

ある　　　ない　　　内容・テーマ（　　　　　　　　　　　　　　　　　　　　　）

現在完成した作品をお持ちですか。

ある　　　ない　　　ジャンル・原稿量（　　　　　　　　　　　　　　　　　　）

書　名							
お買上 書　店	都道 府県		市区 郡	書店名			書店
				ご購入日	年	月	日

本書をどこでお知りになりましたか?

1.書店店頭　2.知人にすすめられて　3.インターネット(サイト名　　　　　　)

4.DMハガキ　5.広告、記事を見て(新聞、雑誌名　　　　　　　　　　　　)

上の質問に関連して、ご購入の決め手となったのは?

1.タイトル　2.著者　3.内容　4.カバーデザイン　5.帯

その他ご自由にお書きください。

(　　　　　　　　　　　　　　　　　　　　　　　　　　　　　　　　　)

本書についてのご意見、ご感想をお聞かせください。

①内容について

②カバー、タイトル、帯について

弊社Webサイトからもご意見、ご感想をお寄せいただけます。

ご協力ありがとうございました。

※お寄せいただいたご意見、ご感想は新聞広告等で匿名にて使わせていただくことがあります。

※お客様の個人情報は、小社からの連絡のみに使用します。社外に提供することは一切ありません。

■書籍のご注文は、お近くの書店または、ブックサービス(📞0120-29-9625)、
セブンネットショッピング(http://7net.omni7.jp/)にお申し込み下さい。

うちの工場から見えた桜です。

■母⇒私　2020年5月10日(日)

母の日なので　お花と色々と　ありがとう

日記を書くのが大分おくれましたね

いつも有がとうございます

返事を書くのが　だい分おくれましたね

いつも思ってる私です

いつも頭の中は子供の事が一ぱいです

なかなか書いていない　ほんとうに困りものです

昨日、母の日なので　お花とパンがはいってました

おいしかった

一杯になってほんとうにおいしいかったです

長い事長い事書いてないのでね　いつも思っています

よくしてくれてほんとうに有難いと思っています
みんながよくしてくれているのでね
写真をとってくれてうれしい
今日は、おなか一杯たべましたね
いい日が来るのが　いい気持になってまいりましたね
有難いね　娘を持って　しあわせです
こんなにしていただいて有難とうと思います
PS. お花と一緒に笑顔で写真を撮りました。

■私⇒母　2020年5月24日（日）

勝雄の職員の皆様、母の写真を送付してくださり、

本当にありがとうございました。

とても安心しております。

これからも大変だと思いますが、どうぞよろしくお願い

します。

娘：君代より

大好きなお母さんに

コロナでなかなか会うことが出来なかったけど元気です

か？

私達もみんなおかげさまで元気で過ごしてるから

心配しないでネ

コロナウイルスもだいぶ弱まってきたので、

もう少しがまんしたら必ず会えるからね。

本当にもう少しのがまんですよ。

会えたらいっぱいお話ししましょうね。

いまからとても楽しみでワクワクしています。

だから看護師さん達の言うことをちゃんとよく聞いて、

おだやかに過ごしてください。

ではまた　　君代より

■母⇒私　2020年5月24日（日）

大好きな娘君代に

おかしおいしっかった　有がとう 感しゃしています

電話番号がわからないので　連らくがつきません
なんとかして見よう　きっとさがすとわかると思います
今度も何とか送ってくれて有難うご座いました
これから番号をしらべて電話いたします
それで待ってて下さいね

■母⇒私　2020年6月（日にちなし）

差し入れ　有難うご座いました
おいしいコーヒーにおかし
おいしいと思っていただきました
お手紙を書いているが、思う様に出来ませんでした
あなたの住所がわからないので出せません
ごめんなさいね　何とか手紙をとどけたいが
きみちゃんの電話がわかりません
コロナで会えないでいる　悲しいね　会いたいのにね
元気な姿が見たいね　お礼の事を書こうと思うと
元気になってくる
又、住所をたずねてね　お願いしよう
まあ言って見るわ　すぐ出来たらいいね　たずねて見る

西頭トシミより　　　むすめにお願い致します
住所　…………

勝雄さん以前の施設入所時は、何かあればすぐに電話がかかってきていました。しかし、前述の年金ドロボー事件などがあり、母の状態がおかしいと気づき、やむなく携帯電話を持ち帰った経緯がありました。ただ、母は理解できていません。ですから、私の電話番号さえあれば、私に電話ができると思っていたようです。

　勝雄のスタッフの方たちが「探してみようね」とその都度、上手に対応してくださっていたのでしょう。母がかわいそうだとも思いましたが、電話が手元にあると不安になるたびに電話をかけてしまいます。働いている私がすべて対応することもできず、どうしようもありません。

　コロナで母の認知症は確実に進んだと思います。家族に会えるかどうかで、こんなに違うのか、と思い知らされました。

　交換日記の役割は、少しずつ変化し、面会の代わり、電話の代わり、そのほかいろいろな役割を果たしてくれることになっていったのです。

■私⇒母　2020年6月7日（日）

お母さん、元気におだやかにくらしてる。

日記　書いてくれてありがとう ^_^

とても　うれしかったー♡
勝雄の職員さん達にも、御礼申し上げます。
忙しくて大変なのに、お母さんの写真をとって
日記にはっていただいて
本当にありがとうございましたー♡
ずーっと、コロナで会えなかったので
この写真見て、とても安心しました。
お母さん　もうすぐに会えるから
もう少し　がまんしてネ。
会えたら、ドライブして、おいしいコーヒーを飲みにい
こうネ
今日は、この間、とても雲（まるで龍神様みたいでし
た）や夕陽がきれいだったので写真はっとくね。
とてもいやされると思うから ^_^　　では、またネ

■母⇒私　日付なし
有難うご座います
元気でいるので安心しました
コロナで会えないでいる　会いたいです
又、コロナが済んだら毎日の様に会えるので
この日が来るのがたのしみです
がんばろうね　淋しいけど　しかたがないことです
早くコロナが消える日を待ちましょう

■私⇒母　2020年6月14日（日）

お母さん、元気そうでなによりです。

お母さん、この日記に書いてくれてありがとう♡

この日記に書いてくれると、ちゃんと私に（君代に）

届くようになっているから、

私の住所がわからなくても大丈夫ですよ。

もう少しのしんぼうだから、必ず会える日がくるから、

職員さんの言うことをよくきいて、おだやかにくらして

ね。

会える日がきたら、沢山お話ししようね。

おいしいコーヒーも、のみにいこうネ。

それに、ドライブにも、いこうね。

では、またね　　君代より

■母⇒私　2020年6月14日（日）

いつもすみません　今度も手紙がとどきました

なつかしく読ませてもらいました

有難うと思います

いつも一人なので

淋しい１日です　早く会いたいです

会うのがたのしみです　思うと胸がいたくなります

会いたいですね

■母⇒私　2020年6月21日(月)

毎日コロナの事でテレビも言っているし
いつになったら毎日おだやかな日が送れるだろう
一度会いたいと毎日思っております
気持はいつも君代さんの事を思っている
久しぶりに日記を作ります
早く会いたいね　あえなくて心がさびしい日を
おくっています　元気でいて下さいね
私のたのしみは君代に会っている時が
心がはずみます
今度会う時はきっとふけていると思います
早く会いたいね　しかたがないが
早く会って見たいのです
毎日思っている　君代さんの事はいつも思って
毎日をすごしています　早く会いたいのです
肝心な電話番号を書いている手ちょうがわからなくて
どうしたらよいやら困っている
今もコーヒーやら、パンやらいただている
おいしいかった
お礼の手紙を出してみたい　いつも思っている

■母⇒私　2020年7月3日(金)

お元気でした　7月3日になりました
コロナが続いているので会えなくて毎日淋しい一日です

病気なので　しかたがないがいやになります

毎日コロナの話で　うっとうしいですね

元気でいると思いますが会いたいです

早く会いたいです

もうすぐですのでしんぼうをしています

長い事会えなくて淋しいですね

元気でいると思っています

会うのを楽しみにしています

会える日を楽しみにしています

■母⇒私　日付なし

おたより有難うございます

はやく会いたいね　コロナの事で会えないなんて

ほんとうに思いもしない事が起こってきたね

早く会いたいね

いつになるかわからないがその時まで

まつほかないと思うと少し悲しくなります

早く会いたいね

会えるまで元気にしていてね　私の願いです

今日は日記を書いてしまった

早く会いたいね　それまで元気にしていて下さいね

では又、日記を書いていくね

日記を書いていきます

■私⇒母　2020年7月19日（日）

お母さんに ^_^

この間は、やっと面会できて、本当にうれしかったです。

私、良人、明日香も、覚えていてくれて、ありがとう♡

心から感謝申し上げます。

今度は、８月９日（日）午後2:00に、予約したから、

楽しみに待っていてね。

今度は、栄治さんも、会いにきてくれるって。

大阪の良人、東京の遥香も、もちろん明日香も

テレビ電話で、お話しできるからね。

どうぞ、毎日を気分よく、おだやかにくらしてネ。

又会いにいくね ^_^

では、またネ　バイバイ　　君代より♡

　2020年夏、久しぶりにオンラインでの面会の機会がありましたが、母は表情もなく、元気もなく痩せた印象でした。持病の腸の病気も影響していたとは思いますが、会うたびに弱っていく母を見るのはやはりショックで、胸を締め付けられました。そんな母ではありましたが、やはり会いたい気持ちは強かったのだろうと感じました。

　残念なことに喜びを表すことができないくらい表情がなかったのです。それでも「これで精いっぱい喜んでいるのだろうな」と。笑顔は本当に久しく見ていませんで

した。
　日記を読むと喜んでくれているのがわかるので、切なくなります。それでも、どうしてあげることもできません。感情は読むたびに揺れました。この状況はつらく、コロナが憎い、そんな感情が込み上げます。そして、
「なおのこと、日記しかないのだ」
　と強く思いました。

■私⇒母　2020年８月２日（日）

大好きなお母さんに ^_^

お母さん、梅雨も終わり、毎日暑い日が続いていますね。

コロナ患者も、すごく増えています。

まだ、会えない日が続くと思うけど、

必ず会える日は、くるから心配しないでね。

ちゃんと、ご飯を食べて、ぐっすりねむって

気分よく、毎日、おだやかにくらしてね。

こっちは、栄治さん、遥香、明日香、良人、

かおるちゃん、しょうた君もみんな元気だから、心配しないでね。

又、差し入れと交換日記を預けるので

楽しみに待っていてね。

では、またネバイバイ　　　君代より♡

■母⇒私　2020年8月2日（日）

ころなで会えないです　会いたいです

どうすることも出来なくて　困っています

コロナが消えたらいい日がくるので

それを楽しみにしています

ほんとうに困りものです

いつかきっと会えるから楽しみにしていて下さいね

こんなコロナが消えないと会えなくていますね

いつまで続くかわからないが

しんぱいしないで下さいね

会えなくて　こまっている　ほんとうに困ります

又、会えるのを楽しみにしています

しかたがないが　さびしくなってきますね

コロナはなかなかのものです　会えるのを待っています

どうする事も出来なくて困っています

これも自然のイトナミですね

会える日を楽しみにします

しかたがない　ほんとうに広がっているので

毎日待っています

しかたがないので　さからわないです

待つしかないみたいです

会える日を楽しみにして　のりきろうと思います

又会う日を楽しくして欲しい

私の願いは　会えることしかありません

たのしみにしています

では会える日を楽しみにしています

又、会いたいなぁと思います

では会える日を楽しみにしています

■私⇒母　2020年8月9日(日)

お母さんに ^_^

毎日、コロナと暑さのダブルパンチだけど元気にくらせ
てる？

会えない日が続くけど、必ず会える日がくるから、

希望を持って、日々、くらしてくださいね。

こちらは、栄治さん、私、遥香、明日香、良人、

かおるちゃん、みんな元気にしてるから、

心配しないでね

昨日、とてもきれいな雲、夕焼けだったので、

写真はっとくね。

では、またね　　　君代より

■母⇒私　2020年8月11日(火)

お手紙を書きます

又、書けるなんてすばらしい　日記を付けます

なかなかむずかしい

楽しみながらつけて行こうと思っています

つけるの楽しと言うことにしないとつけなくなります

8月11日になってしまった。早いです

■私⇒母　2020年8月15日(土)

お母さんに ^_^

今年は、いつもと違ったお盆でしたが、昨日は、

ちゃんとお坊さんにきてもらい、

お参りをしてもらったから、御先祖様も、

きっと喜んでいただいていると思います。

お母さんが、ずーっと御先祖様を守っていてくれて、

私達子どもへバトンタッチ ^_^

私達子どもも、ちゃんとずーっと守っていくので

心配しないでね。

おかげ様で、お母さんはじめ、

みんな元気で暮らせています。感謝しかないですね。

それと、この間から大阪のおばちゃんと良人達からも

御供物をいただいたので、

今日、お菓子を持ってきました。食べてくださいね。

大阪のおばちゃんも、良人達もコロナが終わったら、

せび会いたいと言ってましたよ。

だから、お母さんも、会えることを楽しみにして、

毎日を心おだやかに過ごして下さいね。

では、またね　バイバイ　　　君代より

■母⇒私　2020年8月16日

なつかしい。思い出している

会えないが、そばにいるので思ったより

淋しいとは思いません

もうすぐ体操

■母⇒私　2020年8月19日（水）

天気がよくよく晴れている　コロナのひがいはなく

風邪そのもの　久しぶりに書きましたね

色々と考えるのにね

久しぶりに日記を書きました

早くコロナが出ていってくれないと

サビシイネと私は思います

早くコロナがなくなる様に考えています

久さしぶりに書きました

これも何か教えているのでは

長い事かかる　いつになったら家に帰れるのだろう

長いこと何か教えているのか

コロナをうらめしく思います

久し振りに書きました　会うのが待ちどおしいですね

ガンバリましょう

美しすぎるくらいよく出来ている

母の日記には波がありますが、学びのこと、美しいと捉える心など、母の名残が感じられる文章だと感じます。「何があっても見守られている」という同じ思いを持っていて、大宇宙、大自然に、雨、風、空気も含めて「私たちは生かされている」とも母はよく言っていたのです。生きているだけで素晴らしいと。

　私も年々、これらの言葉が腑に落ちてくる気がします。両親を看取ったことが大きいでしょうが、何を学ぶべきかは、母もどこかで理解していたのかもしれないと——。

　あるころから「大好きなお母さんに」という書き出しをするようになりました。最初は気恥ずかしかったのですが、コロナで会えない状況が続く中で、とにかく思いを言葉にすることの大切さを痛感していました。これまでの感謝と正直な気持ちを素直に毎回伝えることができたのは、今でもよかったと思っています。

■私⇒母　2020年8月29日（土）
お母さんに ^_^
毎日、まだまだ、暑いですね。
コロナも、まだまだ、おさまりそうもないです。
でも、コロナのお陰で、気がついたことも沢山ありますね。

あたり前に、みんな自由に会ってたけど
1回、1回大切な人と会うことが
どれだけ大切な時間であったことか……
いろんな事に気づかされますね。
だから、毎日、毎日、瞬間、瞬間を心おだやかに、
大切に過ごして生きたいと、今、強く思っています。
お母さんも、大変だけど、出来るだけ心おだやかに、
大切に過ごしてくださいね。
きっと、又、会える日が来るからね。
今日の差し入れは、お母さんの好きだった
猫の形をした、おかしです。
どうぞ、召し上がってくださいね。
又、交換日記と差し入れもってきます。
楽しみにしていてね ^_^
では、またね。　バイバイ　　君代より

■母⇒私　日付なし
いろんな事に気づかされました
いろいろあるけれど仕方がない

■私⇒母　2020年9月13日（日）
お母さん　元気におだやかに暮らしてる？
台風10号の被害もなく本当によかったね。
私達みんなも大丈夫でしたよ。安心してね。

９月に入って暑さも少しましになってきたけど、

仕事してるとまだまだ汗びっしょりになります。

コロナもまだあちこちに出ているので、まだ逢えないけ

ど、きっと逢える日がくるから、

それを楽しみに毎日おだやかに暮らしてね。

きれいな雲さんの写真を貼っておきますね。

見るとおだやかな気持ちになりますよ。

ではまた差し入れと日記　持っていきますね。

■私⇒母　2020年9月19日（土）

大好きなお母さんに ^_^

お母さん、おだやかにくらしてる？

朝・晩は、だいぶ過ごしやすくなったね。

今日は、とてもいい報告があります。

この間、ご縁がつながって、亡くなった

お父さんのことを、まんまんしゃんに、見ていただき、

今日その答えをいただきました。

お父さんは、88歳で亡くなったでしょう。

「8」という数字は、とてもいい数字だそうです。

それが「88」とゾロ目なので、永遠とかの意味がある
そうです。

お父さんは、正々堂々とこの世を去ってあの世に
しっかりといかれる力強く真理にむかって
天国と地獄があるならば、弥勒の世界に
むかって上にあがっていってるそうです。

お父さんから、私達みんなにメッセージがありました。

「正々堂々と向きあいなさい。まっすぐに目を見て胸を
張り、あなた達の信じる道をいきなさい」と。

そして、お父さん自身が、みんなの人生の
流れ（決められたこと）をサポートしていくから、
しっかり見てるから心配するな、と言っているそうです。

むずかしいけど、見極め、きわめ、正々堂々と
正しき流れが真実だと自信をもって進みなさい、と。

あと、真実の目をみがけっていうのは、
みんなに対して、今、見てる物や人に対して見極め、
心の目をみがけっていう言葉。

なぜかというと、お父さんも、お人よしで
人に騙されてきたところが、あるので
それを伝えたいのかなと思います。

＜まんまんしゃんから＞
「確実にお父様は、あの世の、

天国と地獄があるならば、天国の方に今、どんどんと
高き霊界へと導かれて進んでいますので
私は、すごく素晴らしいメッセージだと思います」
と、いうことでした。
お母さん、本当によかったね ^_^
お父さん、天国に確実に導かれていて。
だから、お母さんも、コロナでなかなか会えないけど、
会える未来を信じて、日々を、おだやかにくらしてね。
お父さんは、いつもお母さんや私達を
見守ってくれてるから、絶対、大丈夫だから。
又、日記とさし入れ持っていくね。
バイバイ　　君代より

■私⇒母　2020年9月27日（日）

大好きなお母さんに ^_^
お母さん。元気にしてる？
朝晩は、めっきり涼しくなってきたネ ^_^
海苔養殖もはじまり、海も活気づいてます。
お花でいうと、今は、彼岸花が、あちこちで
きれいに咲いていますよ。
あんなに、暑い、暑いといっていた夏だけど
秋になれば、ちゃんと自然が教えてくれますね。
コロナも、だいぶ落ちついてきたので、
もうすぐ会えるかもね。^_^

きっと会える日がくるので、おだやかに
毎日をすごしてね。
又、日記と差し入れ届けるから ^_^
では、またね。バイバイ　君代より

■私⇒母　2020年10月11日（日）

お母さん、元気そうで何よりです。
勝雄の職員さん達が、お母さんの様子を
写真で教えてくれました。本当にありがたいことですね。
こちらは、みんな元気なので、安心してね ^^
明日香も来年大学を卒業します。
おかげ様で、就職先も決まり、この間から、そこに、
アルバイトに、元気に行っています。
遥香も、明日香も、小学校の帰り
お母さん達に、とてもよくしてもらったので、
ここまで成長することができました。
本当に、心から感謝しています。
会える日がきっとくることを信じて
お互いに、おだやかに過ごしましょうね。
では、また日記と差し入れもっていきます
バイバイ　　君代より

■私⇒母　2020年11月15日（日）

大好きなお母さんに ^_^

お母さん、今は入院して治療しています。

お母さんが、がんばって治療させてくれたから、

病気の方は、だいぶ回復していると、

先生からこの間、説明を受けました。

少し大変かもしれないけど、リハビリがんばったら、

退院できるそうです。

だから、お医者さんや看護師さんの言うことを、

ちゃんと聞いてね。

退院の時は、迎えにいくから又、会えますよ

では、会えるのを楽しみにしています。　　　君代より

■母⇒私　2020年11月16日(月)

君代さんへ

君代さんも大変だろうが頑張っています。待っててね

■私⇒母　2020年11月28日(日)

大好きなお母さんに ^_^

お母さん、体調はいかがですか?

この間は、ガスがたまって

お腹がパンパンになって苦しかったですね。

お医者さんや看護師さんが、

一生懸命に、治療してくれたおかげで、助かって、

本当によかったですね。

お母さんも、本当にがんばったネ ^_^

また、ガスがたまったりすると、苦しかったり
痛かったりするので、もう少し入院になると思います。
元気になったら退院出来るから、
もう少し、しんぼうしてくださいね。
退院の時は、迎えにいくから、又、会えるよ ^_^
次のページに、この間、勝雄でオンライン面会の時の
写真をはっておきます。気分がいい時、見てね。
では、また日記書いていくからね。　　　君代より

■母⇒私　ヨコクラ病院に入院中

元気にしてます。ご飯もしっかり食べてます。
リハビリ、がんばってるヨ。
君代もかぜ引かないように!!
（スタッフが手をもって一緒に書いてます）

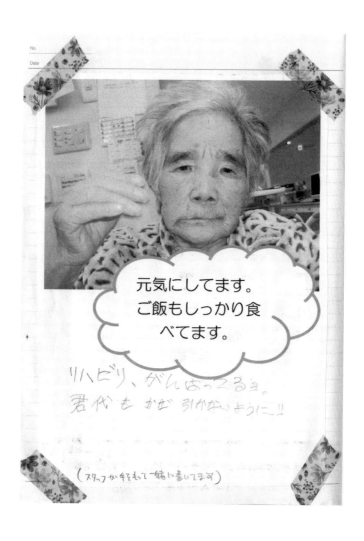

元気にしてます。
ご飯もしっかり食
べてます。

リハビリ、がんばってるョ。
君代も かぜ 引かないように!!

(スタッフが手をもって一緒に書いてます)

■私⇒母　2020年12月3日(木)

大好きなお母さんに ^^

お母さん、具合はどうですか？

交換日記にお返事書いてくれてありがとう♡

とっても力強いメッセージで、すごくうれしかったです。

「ヨコクラ病院」の先生、看護師さん達、

コロナ中で、本当に大変ですのに、母の写真とメッセー

ジも、読みやすいように、書いてくださって、

本当に、ありがとうございました。

心から感謝申し上げます。

これからも、よろしくお願い致します。

お母さん、今日は３日でお父さんの月命日でした。

ちゃんと、お坊さんにきてもらって

供養していただきました。

お父さんも、きっと、喜んでくれてると思います。

お母さんの事も、ちゃんと見守ってくれてると思うので、

安心して、治療を受けてね。

元気になったら、退院できるから、

もう少ししんぼうしてね。

退院の時は、迎えにいくから、又、会えるよ

それまでは、タブレット面会で会えるから。

では、また日記と着替え持っていくね。　　　君代より

■私⇒母　2020年12月17日（木）

大好きなお母さんに

お母さん、具合はどうですか？

この間、病院から電話があって、

お母さんも、だいぶ落ちついてきたので、

今日、先生のお話を聞くことになっています。

先生、看護師さん達の介護のおかげですね。

もちろん、お母さんも、よくがんばりました。

退院する時は、迎えにいくから会えますよ ^_^

こちらは、みんな元気なので、安心してね。

この間、栄治さんのご両親と、今年も、

お仕事させていただきましたとお礼参りに、

祐徳稲荷神社に行ってきました。写真をはっとくね。

では、また、交換日記もっていきます。　　　君代より

■母⇒私　2020年12月26日（土）

ひさしぶりに書いています　たいへんです

ひさしぶりに手にします　手がふるえて、

どうにも出来ません

困ったものです　長いこと書かなった手紙

どうしようもなく困り果てている

どうしようもなく書いております

■私⇒母　　2020年12月28日（月）

大好きなお母さんに　体調は、どうですか？

早いもので、今年もあと4日で終わり、

（2021年）新しい年を迎えます。

コロナで大変な一年だったけど

そのお陰で、今までと違う気づきも沢山いただきました。

コロナで、会えないけど、いつもお母さんとは、

つながってる感じです。

私も、みんなも、お母さんのことを思っているので、

安心してネ。

勝雄の職員さんの言われることをよく聞いて、

体調も気持ちも整えるようにしてください。

いつか会える日を信じています。

お正月気分を少しでも味わってほしくて

可愛い鏡もちを渡したので、

部屋にかざってもらってくださいね。

では、また、交換日記書いていくからね。　　君代より

■母⇒私　＜母からのお地蔵さんの絵の返事＞

あんなに、こんなに大きくかいていただいて

美しい人に見える

いつもこんなに大変なことがあります

いろいろ書いてあってうれしい日です

決意、なりたい自分になる

大分りっぱなへやですね

いつになったら会える　どうしている

いつ会えるだろう　早く会いたいね

早く会える日を楽しみにしています

早く会いたいね

早く早くあいたいネ　早く会いたいよ

毎日毎日会えるひを楽しみにしています

どうしようもなく　どうする事もできないなんて

困っている　又書いてみます

早く会いたいのにね　こまった物です

■私⇒母　2021年2月14日（日）

大好きなお母さんに ^_^

この間は、ヨコクラ病院の診察・検査

おつかれさまでした。

結果は、今のところ異常ナシだったので

本当によかったね。

これも、勝雄さんの職員さんの皆様の心づくしの

介護のお陰ですね。本当に、ありがたいことですね。

これからも、職員さん達の言うことをよく聞いて、

おだやかな気持ちで過ごしてね。

コロナが終息したら、きっと会える日がくるから、

信じて待ちましょうね。

では、また、交換日記を書いていくね。

バイバイ　　君代より

■私⇒母　2021年3月7日（日）

大好きなお母さんに

毎日おだやかにくらしてる？

体調は、いかがですか？

私達は、みんな元気だから安心してね。

最近は、寒くなったり、急に暑くなります。

勝雄の職員さん達が、よくお世話を

してくれますので、本当に、感謝ですね。

この間は、小雨のあと、きれいな虹に

出会うことが出来ました。

とっても、きれいなダブルの虹でしたよ。

写真をとったら、すぐに消えてしまいました。

なにかいい事があるかもネ ^_^

もう1枚は、雲がとってもきれいだったので

これも、はっとくね。

今度会える日を楽しみにしています。

では、またね　　君代より

■母⇒私　日付なし

本当寂しくなっているね

早く自由に行どうしたいです

早く自由になりたいです　今の生活もあきますね

81

自由に会える様になりますように

■私⇒母　2021年4月4日（日）

お母さん、具合はどうですか？

もう早いもので、4月に入りました。

お母さんが、5年ぐらい前に龍家にきたとき、

庭にトマト、きゅうり、あじさいとか

植えてくれて（その後、すぐに入院したけど）、

それから、毎年、栄治さんが、きゅうり、トマト、

サニーレタスなど、植えてくれるようになり、

今日も、トマト、きゅうり、青じそなど植えてくれまし

た。

今年も、沢山食べられますように ^_^

お母さんも、気分よく過ごして、沢山食べて

すいみんも、しっかりとってね。

こっちは、みんな元気にしてるから、安心してね。

では、また会える日を楽しみにしています。

バイバイ　　君代より

■母⇒私　日付なし

何を書いたらいいのやら、わからない

何を書いたらいいのかを

なかなかむずかしいと思います

ややこしいね　何んでんしよっか

色々とあるがね　ほんとに困っちゃう
わからないでいる　色々とあるがね
何を書いたらいいのかわからない
何を書いたらいいのかわからないでいる

- -

　母の表情は日に日に乏しくなっていきます。ですから
思いと表情は違うのではないか、とも感じました。また、
書きたい気持ちもあるが、言葉が出てこない。昔、自分
が祖母の歳になってわかったと、母が言っていたことが
ありました。祖母の世話はしていた母ですが、もっと優
しい言葉をかけてあげればよかった、と。祖母の気持ち
がわかるようになったからこその後悔だったのでしょう。

- -

■私⇒母　2021年4月25日（日）

大好きなお母さんに ^_^

お母さん、おだやかに暮らしてる？

体調は、どう？

この間の検査は異常なくって本当によかったね。

これも、勝雄の職員さん達の懸命の介護のおかげですね。

本当にありがたいことです。

コロナも、ますます広がっていって

まだ、会えない日が続きますが、お母さんも、

勝雄の職員さん達、利用者の皆様、決してあきらめず
希望をもって、おだやかに過ごしてまいりましょう ^_^
少しでも、お母さん、皆様に笑顔に
なっていただけますよう、今日も写真を届けます。
よかったら、どうぞごらんください。
では、またねバイバイ　　君代より

■私⇒母　2021年5月16日（日）

大好きなお母さんに ^_^
お母さん、体調はいかがですか？
早いもので、今年は、梅雨にはいり
雨も多くむしあついですね。
でも、お野菜などいろんな食物は、
雨なしでは、育ってくれませんよね。
本当に、この大宇宙のしくみというのは完全、完ぺきに
出来ていると、改めて心から感謝することばかりですね。
ありがたいことです（お母さんも、よく言ってましたよ）。
季節を感じられる写真をはっておきますね。
勝雄の皆様と、いっしょにどうぞ、見てくださいね。
コロナも、今大変だけど、いつか必ず会えることを
信じて、ゆっくり、まったり、おだやかに
過ごして下さいね。
では、またネバイバイ　　君代より

■私⇒母　2021年5月24日（日）

大好きなお母さんに ^_^

コロナで、なかなか会うことが出来なかったけど、

元気ですか？

私達も、みんなおかげさまで元気で過ごしているから、

心配しないでネ。

コロナウイルスも、だいぶ弱ってきたので

もう少し、がまんしたら必ず会えるからね。

本当に、もう少しのがまんですよ。

会えたら、いっぱいお話ししましょうね。

いまから、とても楽しみでワクワクしています。

だから、看護師さん達の言うことをよく聞いて、

おだやかに過ごしてください。

ではまた　　君代より

■私⇒母　2021年6月5日(土)

大好きなお母さんに ^_^

お母さん、体調はどうですか？

今日は、ヨコクラ病院の診察日ですね。

検査も、疲れるかもしれないけど、体の様子を見る

ことは、とても大切なので、しんぼうしてね。

こちらは、みんな元気にしてるので、安心してね。

コロナも、ワクチンも開始されたから。

もう少しのがまんですね。

私達まで、みんなワクチンが終わって、

感染がおさまれば、必ず会える日がくるので

その日を信じて待っててね。

しっかりごはんを食べて、ぐっすり眠るようにしてね。

今日も、いろんな写真をはってるので

みなさんで、いっしょに見てくださいね。

では、またね。バイバイ ^_^　　　　君代より

■母⇒私　2021年6月10日(木)

久しぶりでした

いつもすみませんどうしようもなくすごしました

たいへんだろうが　へんじを下さいな

そんな思いで書いている　　　母より

■私⇒母　2021年6月17日（木）

柳川の夕陽です。
美しすぎて思わず合掌。感謝。

■母⇒私　日付なし

写シン有難うございます。又お便り下さい　母より
花をぬりました
（写真ありがとうございます）

■私⇒母　2021年6月27日（日）

大好きなお母さんに。お母さん、体調はいかがですか？
心おだやかに暮らせてる？
こちらはみんな元気なので安心してね。
それに近所では田植えも始まり、水田がとてもきれいで
すよ。

いつものように写真をはっておくので、
また皆様とゆっくり見てくださいね。
それと、この間はぬり絵もぬってくれてありがとう。
本当にうれしかったです。
このまま体調がいいといいですね、
これもお医者さん、看護師さん、職員さん達の
介護のおかげですね。
本当にありがたいと思っています。
沢山の方々に支えられて生かされていますね。
大切に、そしてていねいに生きようと改めて思います。
ではまたネ　　　君代より

家からもこんなきれいな水田が見えます。

■私⇒母　2021年7月4日（日）

大好きなお母さんに ^_^

お母さん、体調はいかがですか？

こちらは、みんな元気にしてるから安心してね。

毎日、蒸し暑くて、お仕事も大変だけど

何とか、がんばってます。

今年は、トマトもキュウリもイチゴも豊作で

毎日、とれたてを料理して、つけものにしたり

酢のものにしたり、スープにしたりして、美味しく

いただいています。

これも、大自然の大いなる力のもとで

生かされているって、改めて感謝しながらいただいてま

す。

お母さんも、よく言ってましたよ。何か事あるごとに、

大宇宙の大自然のおかげで生かされているって ^_^

今日も、きれいでめずらしい写真をはっとくね。

では、また会える日を楽しみに待っています。君代

■私⇒母　2021年7月18日（日）

大好きなお母さんに ^_^

お母さん、体調は、いかがですか？

長い梅雨も終わり、毎日暑い日が続いてます。

ワクチン接種も、だいぶ進んできて、私達夫婦も

1回目は終わり、8月6日に2回目接種の予約も

とれて少しホッとしています。

早く、自由に会える日がくるといいですね。

でも、今度ガラス越しの面会（10分間）が

出来るようになって、私達みんな喜んでいます。

本当によかったですね。楽しみにしています。

これも、コロナ禍でも勝雄の皆様のお一人、お一人の

懸命な介護のおかげだと心から感謝ですね。

今日も、沢山のパワーあふれる写真をはっておくので、

皆様といっしょに見てくださいね。

この間は、計算がんばってたよね。

とっても、うれしかったです。お母さん、職員の皆様、

本当にありがとうございます。

では、またネ　　　　君代より

梅雨も終わり、夏空に変身。

■母⇒私　日付なし

手紙ありがとうございます。また会える日を楽しみにしております。お母さんから手紙書くことにしました

↑

大好きなお母さん、お返事書いてくれてありがとう♡
とってもうれしかったです。

■私⇒母　2021年7月25日（日）

大好きなお母さんに ^_^　お母さん、体調はどう？
この間は、ガラス越しでも、面会できて、
とても、うれしかったです。
もう少し、コロナが落ちついてくれたら、手と手を
とりあって会える日がきっときますよ。
それまで、毎日、ちゃんと食べて、沢山、すいみんも
とって、できるだけ心おだやかに過ごしてね。
こちらは、みんな元気にしてるから、安心してね。
きのうは、お昼からおじぞうさんの絵の教室にいってき
ました。おじぞうさんも、お言葉もとっても、心いやさ
れます。
お母さんも、気分がいい時、勝雄の皆様と
いっしょに見てくださいね。
私の作品も（まだまだだけど）はっておきます。
また、いろんな写真を届けますね。

バイバイ　　君代より

おじぞうさんの　絵の教室で
教えていただきました。

思いきって
行動
してみよう
人生は
一度
きり
だから
千

集中して書いてる時は、"無"になり
とっても　こころよいです。

■私⇒母　2021年8月1日（日）

お母さん、体の調子は、どうですか？

毎日、暑いけど、こちらは、みんな元気にしてるから
安心してね ^_^
この間、大阪の立山のおばちゃんから、
御中元が届きました。おばちゃんも、ずーっと
お母さんのこと、気になってるけど、
コロナだしおばちゃんも、体のあちこちが、痛くて、
コロナも終わって、おばちゃんも体調よくなったら、
お母さんに、必ず会いにいくからって、
電話でお話ししてくれましたよ。
お母さんも、それまで元気で、おだやかにくらしててね。
今日も沢山写真はっとくね。　　　　君代より

■私⇒母　2021年8月8日（日）

大好きなお母さんに ^_^
お母さん、体調は、いかがですか？
毎日、暑いですが、こちらは、みんな元気です。
安心してね。
大阪の良人達から、御先祖様に御供えが届きました。
毎年、ありがたいことですね。会えない日は続きますが、
気持ちは、いつもつながってますね。
感謝しかありません。
私も、栄治さんも、ワクチン2回目無事に終わりました。
大阪の良人達や孫はまだ順番がまわってきませんが……。
でも、きっと会える日を信じて、お互いおだやかに、

くらしていきましょうね。
写真を見て、ひとときの癒しをどうぞ〜♡
では、またね　　君代より

■母⇒私　2021年8月8日（日）
（今日の朝ごはん。全部、食べました）
西頭としみ

（著者註：職員さんの字）

■私⇒母　2021年8月15日（日）
大好きなお母さんに ^_^
お母さん、一生懸命お返事書いてくれて、ありがとう。
とってもうれしかったです。
このところ、大雨で被害がとても大きく
皆様、大変みたいです。
幸い、ここ柳川は、大丈夫だったから安心してね。
お母さんも、勝雄さんにお世話になってるから、
私達も安心です。感謝。
この間、大阪の立山のおばちゃんから電話があって、
お母さんの夢を見たって。
やっぱり、ずーっと会いたいと思っているからよね。
コロナが終わったら、必ず会いにいくから
元気で待っててねって、おばちゃんが言ってましたよ。
お母さんも、できるだけ心おだやかにくらしてね。

君代より

■母⇒私
8/17 しあわせです
（早く雨が止むといいですね）
（いつも写真ありがとうございます）
（としみ）

■私⇒母　2021年8月22日（日）
大好きなお母さんに ^_^
お母さん、心おだやかに、くらしてる？
体調の方は、いかがですか？
今日は、月1回のガラス越しでも面会が出来る日なので、
とても楽しみにしています。
コロナの前は、当たり前に思ってたことが
人と人とが会える、ふれあえることが、こんなにも、
大切でいとおしいなんて、ある意味コロナの
おかげさまなんて思えることが、沢山ありました。
生かされていると、いろんな気づきがあります。
とても、ありがたいと心から感謝です。
お母さんも、よくそう言っていた事を思い出します。
お母さんからも、沢山の気づきをいただきました。
本当にありがとうございます。
では、今日も写真見てくださいね。

またネ　　君代より

■私⇒母　2021年9月12日（日）

大好きなお母さんに ^_^

この間は、ヨコクラ病院の診察、検査のつきそいで、

会えてうれしかったね。

検査の結果も良好 ^_^　二重にうれしかったです。

これも、お医者さん、看護師さん、

勝雄の皆様のおかげですね。

本当にありがたいことです。

今日も、いっぱい写真を、はっておくので

気分がいい時に、皆様で見てね。

コロナも、まだまだ終わらない感じだけど

あきらめずに終わることを信じて、今、自分に

出来ることを、やっていこうと思っています。

そしたら、必ず会える日が来るからね。

お母さんも、それまでいっぱい食べて、沢山ねて、

心おだやかに過ごしてね。

では、またね　　君代より

- -

　2021年の夏が終わるころから、母からの日記の回数も

減り、明らかな変化を感じる文字に変わっていきました。

このことで、「お母さんは、会いたい気持ちは募るが、

認知も体の機能の低下も進んでいるんだ」と思い知らされました。会うことはできていませんでしたが、母の文字から心が抉られる気持ちになっても、何もできないもどかしさが募ります。

　ただ、判読できないような文字であっても、書いてくれる嬉しさはあるのです。それでも嬉しいのです。母にとって書くこと自体が本当に大変だろうに、書いてくれた、という事実に感謝していました。

　日記を続ける意味を見失うこともありました。ただ、やめてしまうのは簡単です。母から一文字、一言でも引き出せるのであれば、最後まで続けようと強く思いました。思いが通じ合っているのは、これまでの交換日記で理解していましたのでなおさらです。

　やめてしまえば、終わりです。一方的であっても、続けたい、それが本心でした。

第３章

日記で伝える私の想い

交換日記２

最後の交換日記には写真をたくさん貼って

　あるころから母との交換日記については、「もう返事はないだろう」と覚悟しながらつづっていました。「これでは一方通行だ」と落ち込むことも正直ありました。それでも届けるだけでもいいから、最後までやり遂げたい、と思えてきたのです。

　母は、理解することが難しくなり、書くこと自体が負担との思いもありました。やめる選択もあったでしょう。大変な思いをしながらも、それでも母は書き続けてくれたのです。このことは、私が最後まで続けたいと思える大きな理由となりました。

　施設のスタッフの方のご厚意により、母へ写真を見せたり、私の文章を読み聞かせていただいていると聞いていましたので、私からの一方通行の交換日記です。それでも、母が喜んでくれそうなキレイな景色や、母が好きだった花や神社、そして宇宙を感じるような写真を選び、日記に貼って母に届けました。

　喜んでくれたら嬉しいな、とただそれだけを願いながら……。

交換日記 (2021年10月3日〜2022年2月23日)

■私⇒母　2021年10月3日（日）

大好きなお母さんに ^_^

お母さん、体調は、いかがですか？

早いもので、今年ももう10月、朝晩はめっきり、

すずしくなってきましたね。

今日は、月命日なので、お坊さんにきていただき

お参りをしていただきました。

御先祖様も、とても喜ばれていると思います。

お母さんが守り続けてきたことを私が

引きつぐことになったこのご縁に、

とても感謝しております。ありがとう、お母さん ^_^

こちらは、みんな元気にしているから、安心してね。

お母さんも、自分の体や心を大切にして

日々、生きてくださいね。コロナが終わったら

必ず会えるから、それを楽しみに私達も頑張りますね。

では、また写真を見てください。　　君代より

■私⇒母　2021年10月10日（日）

大好きなお母さんに ^_^

お母さん、体調はどうですか？

10月にはいってもお昼からは、とてもあつ〜いですね。

２〜３日前から、お米の稲刈りがはじまっています。
異常気象が続いてるけど、その時期になれば、
ちゃんとお米もとれて、おいしいごはんがいただけます。
この間までは、彼岸花がとてもきれいに
咲いていました（写真がなくて）。
改めて、大自然に感謝ですね。
今日は、月１回の面会ですね。孫の明日香も
今日はきています。本当に久しぶりに会えますよね。
明日香も、楽しみにしています。
では、また写真はっておくので見てネ。
バイバイ　　君代より

■母⇒私　日付なし

大切なお母さんへ

ではまたいまではよせよろしいともて

よくかけませんでした　　ごめんなさいね18日

（著者註：判読できない文字が並びます）

　　↑

お母さん、お返事書いてくれて本当にありがとう。
うれしいーです。

■私⇒母　2021年10月24日（日）

大好きなお母さんに ^_^
お母さん、体調は、いかがですか？

めっきり寒くなりましたね。

あつーい夏から急に冬になっちゃって

体調維持も、むずかしいので

勝雄さんの皆様の言うことを、よく聞いて、過ごして下

さいね。

又、11月7日（日）に面会の予約をしたから

会えるのを楽しみにしていますね。

こちらは、みんな元気にしてるので安心して過ごしてね。

この間（10月18日）は、私の63歳の誕生日でした。

お母さん、お父さんがいてくれたおかげで

私は、いろんな経験をさせていただいています。

お母さん、私を産んでくれてありがとう

では、また写真みてネ。　　君代より

■私⇒母　2021年11月14日(日)

☆大好きなお母さんに ^_^ ☆

お母さん、体調はいかがですか?

ずいぶん寒くなりましたね。かぜひかないようにね。

こちらは、みんな元気なので安心してね。

この間は、10分間面会できてうれしかったです。

だいぶコロナも落ちついてきたので、

本当によかったと思います。

今度、面会が出来る日を楽しみにお仕事頑張ってくるね。

今年も早いもので、1か月半ぐらいしかないですね。

本当にビックリ!!　です。

一日一日を大切に、感謝の心を忘れずに

大事に生きていきたいといつも思っています。

これからも、ご縁を大切に、絆を深めていこうと

思っています。写真、又、見てね。　　　　君代より

■私⇒母　2021年11月20日(土)

大好きなお母さんに ^_^

お母さん、体調はいかがですか?

来週は、また寒くなりそうで、

いよいよ今年も年の瀬を迎えようとしていますね。

今年は、お母さんも入・退院がありましたが

お医者さんや勝雄さん皆様の心温まる介護のお陰様で、

今がありますね。とても、ありがたいことです。

12月の面会は、26日。
お母さんのお誕生日に予約したので、
楽しみに待っててくださいね。
みんなで、「ハッピーバースデー」の歌を
お母さんに、プレゼントしたいと思っています。
御先祖様からお母さん、私達から孫達、ずーっと
すばらしいご縁がつながっていますね。
感謝しかありません。　　君代より

■母⇒私　2021年11月23日（火）

（クッション、ありがとうございました）
（元気にしていますか）　　　　としみより
　　↑
お母さん、お返事書いてくれてありがとう♡
とってもうれしいーー♡
今日は、ヨコクラ病院の診察、検査ですね。
私も、つきそうので会えますね。やったー。
入退院をくりかえしてきたけど、今は、
落ちついているので、本当によかったですね。
これも、お医者さん、看護師さん、勝雄の皆様の
懸命の介護のおかげですね。
本当にありがたいことだと思います。
では、また会える日を楽しみにしています。
バイバイ　　君代より

■母⇒私　日付なし

花が美しいね　花が美しいね　　　トシミより

　　↑

お母さん、お返事ありがとう♡とってもうれしかったー。

■私⇒母　2021年12月5日（日）

大好きなお母さんに ^_^

お母さん、体調はいかがですか？

毎日、とても寒くなって、さすが12月だなあって

思います。海苔養殖も、今、秋芽をちぎって

海苔が出来ていますよ。

海苔養殖さんも、うるおうと、柳川市全体もうるおい、

私達の仕事も、うるおいます。

すべて、つながってることを、今になって、

実感しています。だから、いい循環が生まれるように、

私も意識しながら仕事や、いろんな事に挑んでいます。

やっと、こんな風に考えられるようになった自分に

出会うことが出来、毎日、楽しく生きています。

こちらは、みんな元気なので、安心してネ ^_^

　　　　　　　　　　　　　　　　君代より

■私⇒母　2021年12月26日（日）

大好きなお母さんに ^_^

お母さん、体調はいかがですか？

年の瀬らしく、今日は、とくに寒いですね。

今日は、お母さんの84歳の誕生日ですね。

☆お誕生日、おめでとうございます☆

家族みんなで祝ってますよ。

数えきれないぐらいの沢山の御先祖様から

お母さん、そして私達へと命が紡がれています。

素晴らしくありがたいことですね。

なので、一日一日を大切に、自分や家族みんなが

輝けるように、生きていきたいと思っていますよ。

お母さんからも、いろんな事、教えてもらいました。

心から感謝です。本当にありがとうございます。

又、写真を皆様といっしょに見てね。

プレゼントは、みんなから一年中使える

マフラー（さおりといいます）にしました ^_^

　　　　　　　　　　　　　　　　　　君代より

■私⇒母　**2022年1月2日（日）**

大好きなお母さんに ^_^

お母さん、明けましておめでとうございます。

勝雄の皆様も、明けましておめでとうございます。

旧年中は、大変お世話になりました。

今年も、コロナ禍で本当に大変だと思いますが

どうぞよろしくお願い致します。

お陰様でとても穏やかな元旦を迎えることが

出来ました。心より感謝申し上げます。

元旦は、とってもいいお天気でのんびり過ごすことが出

来、ご来光の写真も、

バッチリとれたのではっておきますね。

お母さんや、勝雄の皆様に、パワーが届きますように ^_^

今年も、いろんな写真を届けるので、

楽しみに待っててね。では、またネ　　君代より

　このころ、主治医の先生より、母の状態が思わしくな

いとの連絡が入りました。

■私⇒母　2022年1月23日（日）

大好きなお母さんに ^_^

お母さん、体調は、いかがですか？

今、コロナのオミクロンっていうので、

世の中大変なことになっていて、会いたいけど、

まだまだ、会えない状況が続くと思います。

でも、お母さんとは、会えないけど、

いつも会っているような、いつもつながっているようで

今まで、色んな事を語り合ってきたので、

不思議と淋しい気持ちはなく、いつも、つながっている、

そばにいてくれてる安心感があります。

一見、大変な世の中に見えるけど、それだからこそ、
見えてくるありがたい事が沢山感じられます。
勝雄の皆様、主治医の先生、看護師の皆様の
あたたかい手当て、介護も、もちろん、
頭が下がる思いで毎日感謝しています。
お母さんも、私達もこうやって生活出来ていること自体、
本当にいろんな方の支えがあってからこそ、
成り立っているって、こんな大変な世の中だからこそ、
このことに、気づかせていただいたと
本当に感謝の気持ちで胸が一杯になり、
愛があふれてきて、自分も、少しでも世の中のために
お返ししたいと思えるようになっています。
何が出来るかわからないけど、
まずは"笑顔"を届けたいと思っています。
こんな風に思える私に出会えたのも
お母さんからのお導きがあったからこそです。
お母さんとの会話の中に、生きていくヒントが
沢山あったことが今になって実感していますよ。
お母さん、私は、あなたの子どもに生まれてきて、
これまで、親子でいろんな歴史があったけど、
今はもう、ありがたくて、ありがたくて、
それこそ、感謝しかありません。ありがとう♡
お母さん、本当に私や弟を生んで育ててくれてありがとう。
大阪の良人、かおるちゃん、しょうた君、

柳川は私、栄治さん、遥香、明日香、みんな、
お母さんのことが大好きです。
心おだやかに、毎日を過ごしてね。オミクロンが終わっ
たら、又、会っていろんなお話を楽しみましょうね。
今日は、いっぱいお母さんに伝えたくて
では、またネ　　バイバイ　　　君代より

■私⇒母　2022年2月23日（水）

大好きなお母さんに ^_^
お母さん、体調はいかがですか？
世の中は、まだまだオミクロンで大変で、
なかなか自由に動けない状態です。
気温も平均値よりも低く、寒い毎日が続いていますよ。
でも、こちらは、みんな元気なので、安心してね。
お母さんとも、オミクロンが落ちつくまで
なかなか会えないけど、会えるようになったら
ドライブしたり、おしゃれなカフェに行って
おいしいコーヒーを、いっしょに飲みに行こうね。
楽しみに待っていてね ^_^
また、写真をはってるので、気分がいい時に
皆様といっしょに見てね。
勝雄の皆様、本当にいつもありがとうございます。
心から感謝申し上げます。
では、またネ　　君代より

第4章

看取りを終えて

母の最期

　母が勝雄さんに入所してから3年経過した令和4（2022）年1月21日。母の主治医より直接、私のもとに電話が入りました。母がかなり衰弱しているとのことでした。体がむくみ、床ずれもひどくなり、「この状態でもっているのが不思議です」と伝えてくださいました。いつも優しく母を診察してくださった先生です。

　その後、2月25日の夕方だったと思います。勝雄の方から、「厳しい状況ですので来ていただけますか」と連絡が入りました。コロナ禍ではありましたが、特別に母の部屋に通してもらえるとのことで、すぐに私と夫で2階の母の部屋に駆けつけました。

　病室の母は、仰向けで寝ていましたが、目を見開き、口は大きく開いた状態でした。私が「お母さん！」と覗（のぞ）き込んでも、視線は合いません。私を見ているようにも見えませんでした。

「お母さん、本当によく頑張ったね」「きつかったね。もう大丈夫だからね」などと、ずーっと声をかけ続けました。それでもやはり母は口を開け、見開いた目は天井を見つめ……という状態でした。あとから、義母や親戚から"この世の見納め"と言われることもあるようで、終末期によく現れる表情だと聞きました。ときには、突

然パッと目を見開く人もいるようです。母のその表情は、今でも忘れることができません。

　すぐに弟にも連絡を入れました。大阪に住んでいる弟は父の最期に立ち会えませんでした。高齢者の場合、危篤と持ち直しを何度か繰り返すこともありますし、何より弟には仕事もあるでしょうから、無理ならば仕方がないとも考えていました。

　ところが、弟は、「今からすぐに向かう。とにかく会いたい。持ち直してくれたら、それはそれでいいこと。待っていてほしい」と言って、大阪から夜通し車を飛ばして帰ってきてくれたのです。母と弟はコロナの影響で、2年ほどはオンラインで大阪とつないでの面会しかできていませんでした。ですからひと目でも、という思いが強かったのだと思います。

　母はかなり厳しい状況でしたが、それでもやはりコロナ禍ということで、無制限で母のそばで付き添うことが残念ながらできませんでした。一度、夫と自宅に戻り、翌朝の8時ごろには弟が柳川へ到着しました。そして9時ごろにまた呼吸が弱い、危ない状況だと施設から連絡が入り、即、弟と夫と私で駆けつけました。

　母は、意識はあったようですが、目は閉じたままでした。弟が「大阪から来たぞ」「よう頑張ったの」と一生懸命に声かけを続けましたが、母からの反応を確認することはできませんでした。それを10分ほど続けたのです

が、やはりここでも一度帰宅するように促されました。前述のように高齢者の場合、危険な状態から持ち直し、また危険な状態へと何度も繰り返すことも多いこともあり、そのような判断になったのだと思います。

　コロナ禍でなければ、そのまま母のそばに付き添うこともできたでしょう。危険な状態の母を置いて、後ろ髪を引かれる思いで帰宅しなければならなかった私たちも、それを促さなければならなかった施設の方もつらい思いをしました。

　これもコロナ禍であったがゆえのことです。私たちは何とか会うことができましたが、それさえも叶わなかったご家族が全国にはたくさんいらしたことでしょう。言っても仕方のないことではありますが、本当に「コロナさえなければ……」と思わざるを得ません。

　結果的にこの面会が生前の母に会えた最後となってしまいました。施設から車で10分ほどの家に戻り、しばらくした10時前後に施設から再び連絡が入り、駆けつけましたが、私たち3人が到着したのは、母が息をひきとったあとだったのです。

　令和4（2022）年2月26日、愛する母、西頭トシミは84歳で他界しました。

　最初に母が危篤であることを知らされたのが前日の25日の夕方でしたが、その日の昼食はスタッフの方の介助を受けながらも母は完食したと聞きました。ですから、

本当に急変だったのでしょう。

　振り返れば、晩年はぼーっとしていることも多かったと思います。込みいった会話というものは、残念ながらできませんでした。それでも、ことあるごとに「ごめんね。ありがとう」といった言葉は伝えてくれていました。最後の日に私と夫、そして弟が対面して母にかけた声は届いた……と信じたいと思います。

　母の死亡診断書には死因は『老衰』と記されていました。母は84歳でしたので、老衰という文字に少し戸惑いもしました。ただ、逆に言えば、母はその寿命までまっとうできたのだと思えば、私の大きな慰めにもなりました。

寂しさと感謝と安堵の気持ち

　母の通夜と葬儀は父と同じお寺さんにお願いしました。コロナ禍だったこともあり、遠方からの参列は難しく、私たち家族と弟夫婦、それに義父、義母、義兄弟、叔母、従兄弟などでのこぢんまりとしたものになりました。コロナ禍とはいえ、周囲には少し寂しい葬儀に映ったかもしれませんが、私たちにとってはとてもシンプルでしたが、心を込めて見送ることができたと満足しています。

　葬儀にはたくさんの花が届けられました。花がとても好きだった母は喜んだと思います。棺にもたくさんの花

や花の写真、そして、母の愛読していた本なども一緒に納めました。母との交換日記も棺にと考えたのですが、「もう一度、読み直したい」という想いが強くなり、交換日記は私の棺に収めてもらえたらと思っています。

通夜から葬儀までの間に、母と私、そして弟とお寺で最後の夜を過ごしました。両親の介護については、本当にまめに連絡を取り合い、その都度、話を聞いてくれた弟です。遠方にいる兄弟姉妹は介護を任せっきりになる、という話はよく聞きます。でも、弟の場合は、今、父や母がどんな状態なのか、そして私や私の家族はどんな状況なのかをしっかり把握してくれていました。実際の介護は私が中心となりましたので、時間的、体力的、精神的にもちろん大変な部分があったのは否めません。それでも、弟の存在がどれほど大きく、私の心の支えとなったことか――。弱音もたくさん吐き出すことができました。相談にもたくさんのってくれました。金銭的な援助も嫌な顔ひとつせず、当然のこととして申し出てくれました。

弟夫婦には、本当に感謝してもしきれない気持ちでいっぱいです。弟がいたからこそ、乗り越えられたことがたくさんあったと感じています。

父を送り、母を送ったあとには、寂しさもありましたが、どこか「なんとか無事に見送ることができた」ということに対する安堵感もあったのが正直な気持ちです。

先の見えないトンネルを抜け出せた瞬間でもありました。

　寂しさと安堵──。

　介護を経験した人にしかわからない心境なのかもしれ
ません。

交換日記が残してくれたもの

　前述のように、コロナの緊急事態宣言によって、勝雄
さんでお世話になっていた母にまったく会えなくなって
しまったこと、これが母と私の交換日記をはじめるきっ
かけとなりました。つまり、まさに「この緊急事態を母
に伝えたい」ということからのスタートだったのです。
そして、「決して、自分は施設に預けっぱなしにされて
いるのではない」、このことは、どうしても母にわかっ
てほしいという思いがありました。

　また、母が親として、私たちの状況をまったく知るこ
とができないことで、不安に陥ることも心配でした。認
知の機能が少しずつ低下しているのは、年齢的にも仕方
のないことですが、不安やストレスから認知症が進むと
いう話もあちこちで聞いていました。

　私自身はもちろん、日本中、世界中で新型コロナウイ
ルスという未知のウイルスに対峙して、不安感が蔓延し
ていた時期だったと思います。何をするにも身動きが取
れないことで、これまで母にしてあげようと思っていた

ことが、何ひとつできない事態です。

　そんなときに、交換日記を通じて、「私たちは、みんな元気だから安心してね」と私たちの様子を書き記すことで、母に伝えようと思ったわけです。

　母の日記には『コロナがうらめしく思います』と記された箇所がありました。母の心の叫びであると同時に、私にとっては母がコロナ禍の状況を理解してくれていたという証しでもあります。幸いなことに、母が書き記してくれた日記の中で、私たちが施設に面会に来ないこと、会えないことは、コロナのせいだ、ということを理解してくれていたことがわかりました。晩年は意思の疎通が徐々に難しくなっていくものですので、会えない理由を理解してくれていた、というこの事実にも救われました。

　交換日記をしていなければ、母が他界した今でも、「母は、見捨てられたと思ったまま亡くなったのではないか」。そんな疑問が胸に残り、私自身を責めていたかもしれません。

　交換日記をはじめた当初は、母からの返事も、字も文章もとてもしっかりと書かれていましたので、本当の意味での交換日記として成立していたと思います。私自身もはじめてよかった、少しでも母の気持ちがわかり、とても安心したのを覚えています。

　それでも、そのうちに、少しずつ母は返事を書くことができなくなってきました。一生懸命に書いてくれても、

読みとれないことも多くなり……。

　やはりこれには私自身落ち込み、悩んだこともありました。実際に会えないからこそ、文字だけが母の状態を直接知る唯一の手段だったのです。あきらかに、徐々に文字数も減り、誤字が増えていき、文字そのものも以前の母のものとは異なります。私が知るそれまでとは違う状態の母であることに、胸をしめつけられることもありました。

　それでも、母が実際に書き記した文字が、交換日記の中に残っています。母の返事の箇所を読み返すと、当時の様子が蘇るとともに、コロナ禍の手探りの状況のなかでも、何か手立てがないだろうかと模索した私自身のことも思い出されます。母の最後の瞬間まで、私が母とつながっていたと思えるのは、交換日記を最後まで続けてきたからこそなのだと思います。

勝雄のみなさんとの交換日記へ

　最終的には、外出できない、家族とも会えない、交換日記の返事も書けなくなってしまった母でした。本来であればこの段階で交換日記としての体は成していないのですが、それでも私は交換日記を届け続けました。

　この本で紹介しているのはごく一部ですが、外出できない母の気持ちを少しでも慰めたい思いから、大好きだ

った花や大自然、柳川の懐かしい風景などの写真をたくさん貼り付けて、いつも華やかに届けることにしていました。当時は母のためにと思って続けていた交換日記でしたが、私の知らないうちに、私の日記の役割が増えていくことになったのです。

　毎週、交換日記を届けているうちに、施設のスタッフさんから、「私たちも、他の利用者さんも交換日記を楽しみにさせていただいています」という声をかけていただきました。スタッフさんからの言葉は、本当に嬉しかったことを覚えています。「もう、これは母だけでなく、皆さんに喜んでいただける日記を届けよう！」と少し調子にのってしまったといえばいいでしょうか。

　最後まで書き続け、届け続けてこられたのは、「交換日記を楽しみにしてくださった皆さんのお陰」と言葉では語り尽くせないほどの感謝をしています。

　振り返れば、どんな文章、写真を届ければ母はもちろん、みなさんに喜んでいただけるのかを考えながら、1週間分の出来事や母への思いをつづっていました。親の介護の日々の中にあって、日記を書いている時間は私にとって、心安らぐ、幸せな時間となっていったのだと思います。

介護中は自分を抱きしめてあげましょう

　今現在、介護中の方は、それぞれの環境で、さまざまなご苦労があり、大変な思いをされていることでしょう。私たちも介護の最中は、出口のないトンネルの中でもがき、今のような穏やかな日々がやってくるなど、想像もできませんでした。

　夫や弟とも、両親を見送ったのちの法事の際などに、「あのころは、こんなにゆっくりと食事ができる日が来るなんて、思うことさえできなかった」と、よく話をしています。介護の最中も、その家、その家ごとの事情を抱え、それぞれのケースを見たり聞いたりもしました。介護がはじまった途端に親子、兄弟姉妹の仲が拗れてしまったり、今まで優しかった親がせん妄による暴言や奇異な行動が激しくなってしまったり……。特に精一杯に介護をしているなかでの、子どもたちに対する暴言は、本当に傷つくものです。

　日本中の家族のなかで、この文章をつづっている今も、容赦なく時間に追われ、暴言に傷つき、不安に苛まれる、といったつらい事態が、いろいろな場所で起きているというのも現実なのです。私も私の家族もそういったつらい経験をせざるを得ませんでした。

　厚生労働省によると、コロナのパンデミックが起きた

2022年度の要介護（要支援）認定者数は約687万人とされています。そして、介護疲れにより、ある一線を越えてしまったニュースもあちこちで聞かれます。

　私自身も実際に一線を越えてしまうのではないかという場面を経験しました。決して人ごとではなく、だれにでも起こり得ることだということも肌で感じています。

　そんな私が父と母の介護を通じて、介護中にはなかなかできなかったけれども、振り返ってみて思うことがあります。介護する側になると毎日、ヘトヘトに疲れ果て、気持ちに余裕など持てるはずもないとは思います。それでも、ほんのわずかな時間でも構いませんので、自分自身の心と体を労ってあげてほしいのです。

　例えば、自分の両手で自分自身をギューッと抱きしめながら、自分の名前を声に出して、「〇〇ちゃん、毎日、毎日、よく頑張っているよね。すごいよ〇〇ちゃん！いつもありがとう！」と言ってあげましょう。みんな頑張っているのです。それも、ものすごく頑張っています。特に孤独な介護を強いられている方は、労い、慰め、応援などの言葉をだれからもかけられないこともあるでしょう。頑張っている自分をせめて自分だけは声に出して労りの言葉をかけてあげてください。

　介護は長期戦ですし、長いトンネルのなかを黙々と続けるしかありません。自分にできることとできないことを見極めて、できることを粛々とやっていきましょう。

コロナ禍においては、女性が一線を越えてしまうケースが増えたといいます。この理由のひとつが、コロナの自粛により人との接点が減ったことが挙げられるそうです。女性の多くは気心が知れた人たちと集い、おしゃべりをすることで、心の安定やストレスの発散をしているのですが、それができなくなってしまった……。介護中のストレスは、どこかで発散しなければ危険です。それがひとつの原因となり心身のバランスが崩れてしまうのでしょう。これは女性に限らずですが、一人で抱え込むことがいかに危険であるかも物語っていると思います。繰り返しますが、だれかに話を聞いてもらう、だれかに助けを求める、これは介護中には意識的にすることが必要です。

また、自分ができないことに対しては自分を責めないでください。私は、できないことはちゃんと説明をすれば、介護を受ける側のお父さんやお母さん、おじいちゃん、おばあちゃんにも通じると思います。認知症となってしまい意思の疎通ができなくなった場合でも、あるいは認知機能が少し低下した程度の場合であっても、「○○することは私にはできないの。ごめんね」と繰り返し伝えてあげてください。私は、その心からの言葉は"魂"というものがあるのであれば、そこの部分では必ず通じ合えると信じています。

逃げ場を持つことの大切さ

　私が介護中にやってよかったと思うものに、整体院での体のメンテナンスがあります。若くはない体で、介護とともに仕事と家事も回さなければならない状況でしたので、やはり体を労わることは大切です。ですがそれ以上に私の助けとなったのが、施術をしていただいた院長さんとの会話でした。幸いなことに家族や友人たちは、私の話をしっかり聞いてくれました。聞いてくれるからこそ、軽い愚痴のようなこと、あるいは逆に重苦しい話、心配させてしまうような話を伝えることははばかれることもあります。その点、いわゆる第三者的な存在である整体院の院長先生には気軽に話ができました。話をするだけで、実際には何も解決にはいたらないのですが、それでも過度なストレスが少し発散できたような気がします。そのうえ、相手は体の専門家でもありますので、精神的なストレスが私の体にまで影響を与えて、状態が悪くなれば、しっかり対応もしてくれます。

　院長先生のご両親は鍼灸院をされているので、そちらにもお伺いし、親子二代の先生にお世話になりました。

　介護中には、家族、友人などの近しい人以外に話ができる相手、逃げ場を見つけておくことは、想像以上に助

けになることがわかりました。私がお世話になった整体院は、介護前からのお付き合いですので、気心も知れていますが、親族、友人ではありませんので、立ち入り過ぎることもなく、一般論として話をしてくれたのです。本当に感謝しています。

どんなことも表裏一体

『どんなことも表裏一体』

　私が本で学んだことのなかで、この言葉は介護を終えた今、とても心に響くことになりました。これは、すべての物ごとは自分の見方で変わってくるということだと私は捉えています。例えば、ひとりの同じ人間に対して、どのように見て、感じるかは、人それぞれに違います。自分には真面目で誠実な人に見えても、別の人には退屈でつまらない人に感じることもあるでしょう。しかし、これは自分の感じ方や考え方によって、つまり自分がどのような意識でその人間を見るかによって変わるだけのことです。どちらが良い、悪いということも、正解、不正解もなく、どちらも間違っていません。何よりその人間そのものは同じ人物であるということです。

　これは人間だけでなく、物ごとも同じです。すべては裏と表があり、メリットとデメリットがあるのですが、それをどう捉えるかによって変わってくるだけのことだ

125

と思います。

　そして、私たちには、必要な事だけが起きているだけ
で、広い宇宙的に考えるとするならば、良いも悪いもな
い、ということです。良い出来事、悪い出来事というの
は、自分が勝手に判断、ジャッジしているだけのことな
のです。ですから、自分で善し悪しの判断はせずに“ノ
ージャッジ”のまま、今起きている現実を受け入れて、
どこに自分の意識を持っていくのか、向けるのかで、次
の現実は変わっていくのではないでしょうか。

　もちろん、介護を終えた今だから言えることなのだろ
う、ということは重々わかっています。それでも両親を
見送るまでの介護の日々は、それまで体験したこととは、
次元が違うと思えるほどのことでした。私の人生の集大
成というか、気づき、学び、その後の私の人生への大き
なギフトをたくさん受け取ることができた、そんな体験
だったのです。それは今現在も続いています。

両親への思い、家族への思い

　肉体がなくなった両親には、実際には二度と会うこと
はできません。にもかかわらず、私はむしろ今のほうが
いつも一緒にいてくれて、私を常に応援してくれている
ような気持ちになっています。

　たとえるなら太陽の温かい光そのもの、愛そのものを

感じています。幼いころにはいろいろと思うところがあった両親ではありますが、私も両親への愛、LOVE が今も上昇し続けているのです。不思議なものです。

　人間は、みな必ずいつかは死を迎えます。その前に老いていくこととはどういうことなのか、両親が自分たちの体を使って、全身全霊で私に教えてくれたのではないか……。今ではそんな思いでいっぱいです。そして、心から"ありがとう"と伝え続けたい、私自身もそんな愛にあふれる境地になることができたのです。

　また、介護を通じて、あらためて家族の大切さを実感することになりました。夫の栄治さんにはとても感謝しています。仕事中は職人気質なので、一緒に仕事をするのが大変で私は何回も実家に帰ったこともありましたが（笑）、いつも優しく、私は両親の介護中は、自営の仕事が多忙でありながらも保険関連の手続きなどの事務手続き、そして介護認定されたあとには、毎月の担当者会議、そのうえ入院・手術・退院の度に家を空けることが多くなりました。それでも嫌な顔を見せることもなく、いつも話を聞いて、相談にも乗ってくれ、仕事の調整もしてくれるなど、私を常に気遣ってくれました。

　両親がともに入院をした際には、晩ご飯を作ることもほとんどできませんでした。見舞いのあとに買ったお弁当ですませることも度々ありましたし、そんな私を見かねて、夫自ら台所に立ち夕食を作ってくれたこともあり

ました。

　また、介護中の病院・検査の送迎はひと仕事となります。父と母がそれぞれ病気を抱え、別々の病院で治療を受けていたこともあり、私ひとりでは送迎が難しくなると、仕事を休んで夫が病院まで付き添うこともありました。晩年の母は一般病院での入退院、住居型介護施設から我が家へ、そして介護付き老人ホームへと、あちらこちらへと動かざるを得ない状況が続きました。送迎はもちろん引越し、片付け、荷物の搬送など夫の手がなければどうなっていたか、と思います。もちろん通夜・葬儀の際も動き回ってくれたのです。

　こうやって書き出してみると、次から次へと出てきます。夫は、一緒に介護に携わり、私に寄り添ってくれたのだと、あらためて痛感します。本当によくしてもらったのだと胸が熱くなります。娘たちからも、「嫁であるお母さんの両親のことなのに、あんなに一生懸命になってくれるお父さんって、すごすぎる！」と、ことあるごとに私に言っていました。私自身も本当にそう思います。ですから今度は、夫の両親や、今現在、闘病中の夫に、心を込めて私ができることは精一杯尽くしていこうと誓っています。私の両親への、そして私への夫の温かくたくさんの手助けの恩返しが少しでもできれば、という思いです。

　また大阪の弟夫婦が、介護の手助けをするために柳川

に来てくれるたびに、「心から感謝します」と、私たち夫婦に労いの言葉をかけてくれたことは忘れません。離れて暮らす弟夫婦には、もどかしいこともたくさんあったでしょう。それでも彼らができる限りの手を尽くしてくれたのです。そんな弟夫婦に私たち夫婦も心から感謝しています。

　介護中は、心身ともに大変だったことは事実です。また、介護を終えた今だから言えることではありますが、介護の大変さを大きくうわ回るほどの夫婦愛、姉弟愛、親子愛（私と娘たち、そして私と亡き両親）というギフトを雪崩のごとく受け取りました。
　本書を書いている今も、さまざまなことを振り返り、思い出すと、幸せな涙があふれてきます。
　そして私の心が満たされていくのを実感します。この満たされた心から、自然とあふれだす愛を、今度は少しでも世の中のために還元できたらどんなに幸せで豊かな人生になるのだろうと思います。自分が本当にやりたかったことがわかったような気がします。
　父と母の介護を終えて、こんな気持ちになれたことに感謝の気持ちがあふれる今の私は、本当に幸せなのだと思います。

　万謝。

おわりに

　母との交換日記を1冊の本にまとめ出版することができたのは、本当に奇跡の連続だったと感じています。決して私ひとりでは、完成することはできませんでした。母の体や認知機能の低下から入所することになったこと、そして未知のウイルスであるコロナのパンデミックという憂慮する事態による面会制限、そして文芸社さんとの出会い──。すべてが奇跡です。

　コロナで命をおとされた方、職を失った方、家族と面会できないことによって認知症が進んでしまった施設入所のお年寄りの悲しいニュースも散見されました。それでもコロナ禍だったからこそ、この交換日記が生まれたということもまた事実なのです。

　私の本名は「君代」なので、本文では「君代」のままにしていますが、友人のひらめきもあり、本は「薫風」の名前で出すことにしました。「薫風」は2023年の春に行った親鸞聖人御誕生850年慶讃法要の帰敬式で法名として頂いた名前です。名前をいただくことで、現世に生きながら、生まれ変わった感覚があり、母との関係性に変化があった時期を語る本の著者名として使うことに、私の中ではこの名がとてもしっくり来たのです。

最後になりましたが、母の看取りまで、お世話になった『勝雄』のすべてのみなさんに感謝いたします。コロナ禍という大変な時期に、母に優しく寄り添い、母への交換日記の読み聞かせも含め、本当に手を尽くしてくださいました。ありがとうございました。

　そして、介護がはじまったころにご縁があり、名前セラピーで似顔絵とともに温かいメッセージを一枚の色紙に描いてくださった地蔵絵画家の平田哲也先生。先生主宰の地蔵絵教室を通じて、大きな勇気と癒しをいただき、介護に対して覚悟を持って飛び込むことができました。また、地蔵絵を一緒に学んでいる地蔵絵教室の生徒のみなさんからも、母の介護中には多くの励ましや優しい言葉をかけていただいたこと、忘れません。

　平田先生には本書の素敵な装画まで描いていただき、幸せ尽くしで言葉もありません。

　本当にありがとうございました。

　そのほかにも親族、友人をはじめ、ここにお名前を挙げてはいませんが介護中にお世話になったすべての方々に心からの感謝を申し上げたいと思います。

　そして、文芸社さんに。交換日記につづった母の判読が難しい文字まで1字、1字を丁寧に拾っていただき、この本ができるまでの作業を体験させていただいたことに心から感謝申し上げます。文芸社さんのお力添えで素

敵な1冊になりました。本当にありがとうございました。

　私たち夫婦はもちろん、弟夫婦にとっても最大のこのギフトを大宇宙から受け取れたことに、心から感謝しています。

　本書は、母と私の、そして私の家族との交換日記であり、また介護日記でもあります。

　私の両親、私たち親子の歴史を織り込みながら、その体験を生々しく書いている部分もあります。本書を一人でも多くの方に手にとっていただき、少しでもどなたかの、何かのお役に立てることがあるならば、こんなに嬉しく幸せなことはありません。

2024年　2月

龍　薫風